U0651639

MICHAEL CRICHTON

龙牙

DRAGON TEETH

湖南文艺出版社
HUNAN LITERATURE AND ART PUBLISHING HOUSE
博集天卷
CS-BOOKY

[美] 迈克尔·克莱顿 —— 著
王爽 —— 译

图书在版编目（CIP）数据

龙牙 /（美）迈克尔·克莱顿（Michael Crichton）著；王爽译 . — 长沙：湖南文艺出版社，2019.3
书名原文：Dragon Teeth
ISBN 978-7-5404-8872-7

Ⅰ. ①龙… Ⅱ. ①迈… ②王… Ⅲ. ①长篇小说—美国—现代 Ⅳ. ①I712.45

中国版本图书馆 CIP 数据核字（2018）第 238994 号

© 中南博集天卷文化传媒有限公司。本书版权受法律保护。未经权利人许可，任何人不得以任何方式使用本书包括正文、插图、封面、版式等任何部分内容，违者将受到法律制裁。

著作权合同登记号：图字 18-2018-268

Copyright © 2017 by CrichtonSun LLC. *All Rights Reserved.*

上架建议：外国文学·悬疑惊悚

LONG YA
龙牙

作　　者：［美］迈克尔·克莱顿
译　　者：王　爽
出 版 人：曾赛丰
责任编辑：薛　健　刘诗哲
监　　制：吴文娟
策划编辑：王叵咄
特约编辑：叶淑君
版权支持：辛　艳
营销编辑：李天语
封面设计：尚燕平
版式设计：梁秋晨
出版发行：湖南文艺出版社
（长沙市雨花区东二环一段 508 号　邮编：410014）
网　　址：www.hnwy.net
印　　刷：三河市百盛印装有限公司
经　　销：新华书店
开　　本：875mm × 1270mm　1/32
字　　数：198 千字
印　　张：10.5
版　　次：2019 年 3 月第 1 版
印　　次：2019 年 3 月第 1 次印刷
书　　号：ISBN 978-7-5404-8872-7
定　　价：45.00 元

若有质量问题，请致电质量监督电话：010-59096394
团购电话：010-59320018

INTRODUCTION

引言

在早些时候的照片上，威廉·约翰逊是个英俊的年轻人，带着一副坏笑，天真地咧着嘴。他靠着一座哥特式建筑，一副懒散冷漠的样子。威廉个子很高，但是身高似乎并不是他的主要特征。照片上写的地点和日期是“纽黑文，1875”，显然这张照片拍摄于他离家后前往耶鲁大学念本科的时候。

之后的一张照片上写着“夏延，怀俄明，1876”，这张照片上的约翰逊和之前大为不同。他蓄满胡须，身体也因时常锻炼而变得壮实起来；下巴坚定，肩膀端正，双脚分开，站姿显得很自信，脚踝上沾满泥巴；上嘴唇上有一道明显的伤疤，后来他说这是印第安人攻击他时留下的。

这个故事讲的就是两张照片之间发生的事情。

承蒙W. J. T. 约翰逊集团的好意，我拿到了威廉·约翰逊的日记和笔记本，尤其是他的侄孙女埃米莉·西利曼对我帮助良多，她允许我大量引用这些没有出版过的原始材料。（约翰逊这些材料中的大部分事实性内容在1890年都出版过了，那时候正值科普和马什激烈竞争，最后连美国政府也牵扯进来。但是日记本身直到现在也没有出版过，就连节选也没有。）

PART

1

西部野外考察

约翰逊加入西部野外考察

威廉·贾森·泰尔图利乌斯·约翰逊是费城造船工程师西拉斯·约翰逊的长子。1875年秋天，威廉·约翰逊进入耶鲁大学读本科。他在埃克塞特中学时期的校长称他“有天赋、有魅力，精力充沛而且很能干”。但是校长又补充道，约翰逊“固执、懒散，被家里宠坏了，对自己喜好以外的事情漠不关心。如果不找到一个人生目标，他很可能会毁于自己的懒散，自甘堕落下去”。

这一评价适用于19世纪末成千上万的美国年轻人，他们大多有着威严且精力充沛的父亲，家境殷实，并且找不到好的方式消磨时间。

威廉·约翰逊在耶鲁大学第一年的表现完全应验了中学校长的预言。那年11月，他由于赌博被留校察看，并且在次年2月由于酗酒、打烂纽黑文某商店的玻璃等事情，再次被留校。西拉斯·约翰逊替他付了所有账单。尽管行为鲁莽，约翰逊在和同龄女性的相处方面却恭敬有礼，甚至有些羞涩，他到目前为止还没有什么桃花运。就女士们而言，她们受过十分正统的教育，但依然有充分理由去吸引他的注意。就其他任何方面而言，他毫无悔改之心。那年早春，一个阳光灿烂的午后，约翰逊把他室友的游艇弄坏了，导致船在长岛湾搁浅了。几分钟后，船沉了，约翰逊被路过的拖网渔船救了起来。被问到事情经过的时候，他向那个满心疑惑的渔民承认道，他不知道怎样驾船，因为“学驾船太无聊了。再说看起来很简单”。当室友与他当面对质时，约翰逊承认他没有获得主人的许可就用了游艇，理由是“找你太麻烦了”。

在面对失去的游艇带来的各种赔款账单时，约翰逊的父亲对朋友们抱怨说：“如今供孩子上耶鲁的费用真是高得惊天动地。”他的父亲是爱尔兰移民的后代，为人严肃正经。父亲大人为掩盖子女的庞大开支煞费苦心，随后在写给威廉的信中，他反复叮嘱儿子赶快找到人生目标。但是威廉对自己这种轻浮懒散的现状很满意，他宣布自己将在这年夏天去欧洲，父亲得知后说：“这个计划让我无比担心自己的财务状况。”

后来威廉·约翰逊突然宣布自己准备在1876年夏天去西部，全家人都惊讶无比。约翰逊没有公开解释过他为什么突然改变了主意。他在耶鲁大学的朋友们却知道个中原因。他是因为与人打赌才决定去西部的。

从他精心保存的日记中可以看到他自己的描述：

每个年轻人在他生命的某个阶段都会遇到宿敌，我在耶鲁大学上一年级的时候遇到了自己的宿敌。哈罗德·汉尼巴尔·马林与我同是十八岁。他很英俊，身强体壮，能说会道，家境富裕。他是从纽约来的，认为纽约什么都比费城好。我很受不了他。他对我也有同感。

马林和我在各个方面竞争——在教室里，在竞技场上，在本科生的恶作剧之夜。没有什么事情是我们不比的。我们不停地争论，总是持与对方相反的意见。

一天晚上，晚餐过后，他说美国的未来在于开发西部。我说不是这样，我们这代人的未来根本不可能寄希望于一片由一群原始部落的野蛮人占据的大荒野。

他回应，我不懂自己在说什么，因为我从没去过西部。这点很尖锐——马林真的去过西部，至少去过堪萨斯城，因为他哥哥住在那边。他说起这趟旅行时总是带着一股子优越感。

而我一直没能消灭他这种优越感。

“去西部不算什么。傻子也能去。”我说。

“但傻子没去——至少你没去。”

“我根本就不想去。”我说。

“我告诉你我是怎么想的，”汉尼巴尔·马林回答，他看了看周围，以确认别人在听他讲话，“我认为你是怕了。”

“胡说。”

“事实就是如此。去欧洲才像是你会做的事情。”

“欧洲？老年人和书呆子才去欧洲。”

“记着我说的话，你今年夏天就要去欧洲，搞不好还会打着阳伞去。”

“就算我去了也不等于——”

“啊哈！看见了没？”马林对周围的人说，“怕了。怕了。”他露出一个无所不知、高高在上的微笑，这让我特别讨厌他，他让我别无选择。

我冷静地回答：“事实上，我已经决定这个夏天去西部了。”

这让他大吃一惊，那蠢笑僵在了脸上：“啊？”

“是的，”我说，“我和马什教授一起去。他每年夏天都会带一组学生去。”我隐约记得上周的报纸上有这么个广告。

“什么？老胖子马什？骨头教授？”

“对。”

“你要跟马什去？他的学生住的都是斯巴达式的营地，据说他无情地奴役学生。你根本就受不了那一套。”他眯起眼睛，“你什么时候走？”

“他还没通知日期。”

马林笑了：“你根本就没见过马什教授，你也绝对不会跟他走的。”

“我会的。”

“你不会。”

“我告诉你，事情已经决定了。”

马林用那种高高在上的姿态叹了口气：“我赌一千美元，你不会去。”

大家本来已经没有注意马林了，他这么一说大家又转回了注意力。1876年的一千美元，就算对富二代而言也是很多钱了。

“赌一千美元，你今年夏天不会和马什去西部。”马林再次说道。

“先生，我跟你赌定了。”我回答。那一刻我意识到，今年整个夏天我会前往热得要死的沙漠，跟一群挖骨头的疯子待在一起，我造了什么孽啊。

马　什

马什教授的办公室位于耶鲁大学的皮博迪博物馆内。厚重的绿色大门上用白色字母写着“O. C. 马什教授，只接待书面预约的访客”字样。

约翰逊敲了门，但是没有回应，于是他又敲了敲。

“走开。”

约翰逊第三次敲门。

门中间的小隔板滑开，一只眼睛露出来：“什么事？”

“我想见马什教授。”

“但他想见你吗？”那只眼睛问，“我表示怀疑。”

“我看了他的通知才来的。”约翰逊举起上周报纸上的广告。

“抱歉，太晚了，人招满了。”门上的隔板关上了。

不管什么事情，约翰逊都不能忍受被拒绝，尤其是这趟他一开始就不想去的蠢旅行。他气愤地踢门，又盯着惠特尼大街上的车流。不过衡量了自尊心和一千美元之后，他还是控制住了自己的脾气，再次礼貌地敲了门："抱歉，马什教授，我真的需要跟你一起去西部。"

"年轻人，你唯一要去的地方就是一边去。一边去！"

"拜托了，马什教授。请让我加入你的队伍吧。"在马林面前丢脸对约翰逊来说实在太糟了。他眼泪汪汪、声音哽咽地说："请听我说完，教授。我会完全听你指挥，而且我会自带装备。"

门上的隔板再次打开了。"小子，每个人都自带装备，每个人都听我指挥，除了你。丢人现眼的尿包。"那眼睛往外一瞥，"走开。"

"拜托了教授，请一定带上我。"

"如果你想来，上周就该报名。每个人都是上周来的。我们上周举行了三十个人的选拔大会。所有人选都已经敲定了，除了你——你，说起来，你是摄影师吗？"

约翰逊看到一丝希望，于是马上抓住了。"摄影师？是的，先生，我是！我是摄影师。"

"很好！你不早点说。进来。"门唰地一下敞开了。终于，约翰逊第一次见到了耶鲁首席古生物学家奥思尼尔·C. 马什教授，他高大、威武，显得很严肃。他身材中等，但肌肉发达，体格强健。

马什带领他进入博物馆内。空气里一股粉笔味，光束照进来显现出教堂一般的景象。在这个巨大洞穴般的空间里，约翰逊看到很多穿着实验室白大褂的人正埋头工作，用小凿子从大块岩石上挖出骨头。如约翰逊所见，他们工作很细致，用小刷子清洁着自己手上的物品。较远的角落里竖着一架巨大的骷髅，骨架直达天花板。

“巨沼泽马什兽，我最大的成就，”马什朝着远处那具动物骨架点点头，“迄今为止最大的成就。1974年，我在怀俄明领地发现了它。我一直认为它是女孩子。你叫什么名字？”

“威廉·约翰逊，先生。”

“你父亲是做什么的？”

“我父亲是造船的，先生。”白垩粉飘在空气中，约翰逊咳嗽起来。

马什怀疑地看着他：“你身体是不是不好，约翰逊？”

“没，先生，我身体非常好。”

“我不想带上个病秧子。”

“我健康状况很好，先生。”

马什似乎还是不相信。“你多大了，约翰逊？”

“十八岁，先生。”

“你当摄影师多久了？”

“摄影师？哦，呃——从小时候开始，先生。我，呃——我父亲——喜欢摄影，我跟他学的，先生。”

“你有自己的摄影设备？”

“有——呃，没，先生——但是我可以搞到手。我父亲会给我的，先生。”

“你很紧张，约翰逊。为什么？”

“我十分渴望跟你一起去，先生。”

“是吗？”马什看着他，仿佛约翰逊本人就是某个解剖学上的珍稀物种。

约翰逊被盯得很不自在，于是努力思考恭维的话。“我听过很多关于你的事迹。”

“是吗？你听说过什么？”

约翰逊犹豫了。他只知道马什痴迷学术，工作努力，靠着对化石的偏执和热爱在学校中赢得了一席之地。另外，他的舅舅是著名慈善家乔治·皮博迪，也就是资助皮博迪博物馆的那个人，当然也是为马什的教授职位发薪水的人，还是给马什每年一次的西部野外考察提供资金的人。

“就是学生们都觉得能陪你同去是一种特权，是了不起的冒险，先生。”

马什沉默了一会儿。最后他说：“我不喜欢巴结谄媚，也不喜欢被人称为‘先生’。你可以叫我‘教授’。我准备了大量艰苦的工作作为这趟旅程的特权和冒险。不过我要强调的是：我所有的学生都能好好地活着回来。现在——你为什么这么想去？”

“私人原因，先——教授。”

“所有人的原因都是私人原因，约翰逊。我在问你的原因。”

“好吧，教授，我对于研究化石很感兴趣。”

“你感兴趣？你说你感兴趣？年轻人，对化石感兴趣，”他手一挥，指了指整个房间，“这些化石需要的不是兴趣。它们需要的是热忱的投入，它们需要宗教般的热情和科学的观察，它们需要激烈的讨论和争辩，它们需要的远不止兴趣。不，不。很抱歉，确实不行。”

约翰逊担心自己会因为这么随口一说而失去机会，但是接下来马什话锋一转，微笑着说：“别担心，我需要一个摄影师，欢迎你加入。”他主动和约翰逊握了握手。“你家在哪儿，约翰逊？”

“费城。”

这个地名对马什似乎有特别的效果。他甩开约翰逊的手，后退一步：“费城！你——你——你从费城来的？”

“是的，先生，费城有什么问题吗？”

“不要叫我‘先生’！你父亲是船运业的？”

“没错，他是。”

马什脸都紫了，气得全身发抖："这么说你也是贵格会[1]教徒？费城的贵格会教徒？"

"不，其实我是卫理公会派的。"

"那跟贵格会不是差不多吗？"

"差挺多的。"

"但是你确实跟他住在同一座城市里。"

"跟谁？"

马什沉默了，他皱起眉头盯着门，然后突然一扭，庞大的身躯转过来。作为一个大块头，他确实是相当敏捷。

"没谁，"他又微笑起来，"不管别人怎么说，我和友爱之城[2]的任何居民都没有矛盾。我想，你会不会好奇今年夏天我的考察活动要去什么地方研究化石？"

约翰逊从来没有想过这个问题，但是为了显示自己的兴趣，他回答："对啊，我确实有点好奇。"

"我猜就是。我猜就是。嗯，这是个秘密，"马什靠近约翰逊的脸，用"咝咝"的声音说，"你理解吗？秘密。要一直保密，只有我才

1　又称教友派、公谊会，系和平主义宗教团体，1647年由乔治·福克斯在英国创立。

2　费城的别称。

知道。等我们到了西部才揭晓。你懂了吗？”

约翰逊后退几步躲过这番激情宣言：“懂了，教授。”

“很好。要是你家人想知道你要去哪里，就跟他们说是科罗拉多。这当然不是真的，今年我们不去科罗拉多，但是无所谓，反正他们也找不到你，科罗拉多是个好地方。明白吗？”

“明白了，教授。”

“很好，那么我们6月14日从纽约中央火车站出发。保证在9月1日之前回到中央火车站。明天来见博物馆秘书，他会给你一张必需物品清单——你的话，还要加上摄影器材。你要带足拍摄上百张照片的材料。有问题吗？”

“没有，先生。不，教授。”

“那么6月14日站台见，约翰逊先生。”他们又握了握手。马什的手又湿又冷。

“谢谢你，教授。”约翰逊转身往门外走去。

“哎哎哎。你去哪儿？”

“出去啊。”

“你一个人？”

“我能找到路——”

“约翰逊，在这间办公室里，任何人都不准单独行动。我不傻，我知道很多探子想来偷看我最新的论文手稿，或刚从石头里挖出来的骨头。我的助手加尔先生会送你出去。”他话音刚落，一个穿着实验室外套的瘦子放下手里的凿子跟着约翰逊一起朝门口走去。

“他一直都这样吗？”约翰逊小声说。

“天气真好啊，”加尔微笑着说，“日安，先生。”

然后，威廉·约翰逊回到了街上。

学习摄影

约翰逊一心只想逃离他的赌局，开展迫在眉睫的考察行动。可马什绝对是个不折不扣的疯子，而且多半还是个危险人物。他打算再和马林吃一顿饭，想办法摆脱这个赌局。

但是在那天下午，他惊恐地发现赌局已经无法挽回了。现在全校都知道他要去西部，晚餐期间不断有人跑到他桌边跟他说起这件事，发表评论或者开开玩笑。现在退出已经不可能了。

他明白自己不能回头了。

第二天他去了本地摄影师卡尔顿·刘易斯先生的店，店里提供五十美元二十节课的摄影培训，这价格贵得离谱。刘易斯先生很高兴收了新学生。摄影不是有钱人的选择，倒是没钱的人经常临时当起摄影师来，摄影对他们来说也算是个体面的谋生之道。即使是那个时代最厉害的摄影师，内战历史的记录者，给总统和政治家拍过照的马修·布拉迪，对那些端坐于镜头前的大人物而言，也不过是一名仆从而已。

不过约翰逊下定了决心，几周后他就学会了拍摄所需的技巧，也就是四十年前电报员塞缪尔·莫尔斯从巴黎带来的那套技巧。

那时候流行的技巧是“湿版”摄影法，即在一间黑屋子或者帐篷里，现场配制化学试剂，在玻璃片上涂好黏糊糊的感光乳液[1]。做好的湿版放进照相机里，趁着感光乳液还湿的时候进行曝光。要想制作一块平整的湿版需要不少技巧，然后要在湿版干掉之前曝光。相比之下，后来发展的技术简单多了。

约翰逊学得很艰难。他动作不够快，不像他的老师那么熟练，他涂感光乳液不是太厚就是太薄，不是太湿就是太干，或者板子上有气泡，或者乳液流走了，结果导致他的照片一塌糊涂。他讨厌密闭的帐篷，讨厌黑暗，讨厌化学试剂熏鼻子眼睛，讨厌药水弄脏手指或者烧坏衣服。他最讨厌的一件事情是，自己不能轻松掌握这项技术。他还讨厌刘易斯先生故作高深。

“你以为每件事情都很简单，因为你有钱。”刘易斯看到他笨手笨脚、骂骂咧咧地干活就笑，“但是湿版才不在乎你有没有钱。透镜也不管你有没有钱。如果你想学点什么，首先必须学会耐心。”

1　以火棉胶为主材的溶剂。

“烦死了。”约翰逊会烦躁地回答。对方又不是什么大人物，只是个装腔作势，而且没怎么上过学的店主。

“烦你的不是我，”刘易斯不会介意，“是你自己。现在再试一次。”

约翰逊咬咬牙，心里默默地骂人。

几周后，他进步了不少。4月底，他可以制作出平整的湿版了，而且操作很迅速，能确保良好的曝光。他做的湿版很薄且容易曝光，他很高兴地把这些成果拿给老师看。

“你在得意什么啊？”刘易斯先生问，“这些照片太差劲了。”

“差劲？明明很完美。”

“技术上确实完美，”刘易斯耸耸肩，“这说明你刚刚入门，可以开始学习摄影了。这也是你一开始来店里的原因吧。”

刘易斯教他曝光的细节，调节光圈、焦距和景深。约翰逊绝望了，因为要学的东西实在太多。“拍摄人像用大光圈加短时间曝光，因为大光圈显得柔和，使拍摄对象看起来很漂亮。”然后，“拍摄风景要缩小光圈，长时间曝光，因为无论从远看，还是凑近看，人们都喜欢看到景色是轮廓分明的。”他学习了通过改变曝光时间和显影时间来调整对比度。他学习了将拍摄对象看起来置于光线中。随天气变化改变感光乳液的成分。约翰逊努力工作，把各种细节都记在日记里——当然还记下了很多怨言。

“我讨厌这个小个子，”这是他常用的语气，“我非常希望他能够说出那句他不肯说的话，我希望他说我已经掌握了全部技能。”就算是抱怨，外人也能看出他跟几个月前那个懒得学习驾船技术的年轻人不同了。他想要掌握这门技术。

5月初，刘易斯将一块湿版举到亮光处，然后用放大镜观察了一番。最后他转身对约翰逊说：“差不多能接受，你做得很好。”

约翰逊非常高兴。他在日记中写道：“差不多能接受！差不多能接受！我从没听过这么棒的赞美！”

约翰逊其他方面的行为也有所改观：虽然不肯承认，但他其实越来越期待这趟考察了。

对于这趟为期三个月的西部考察，我的想法没改变，它就跟连续三个月被迫去听德国歌剧一样。但是我必须承认这事还挺有意思的，随着那个注定的出发日期临近，我越来越兴奋了。博物馆秘书那张清单上的东西我都准备齐了，包括单刃长猎刀、史密斯威森六连发左轮手枪、0.5口径步枪、结实的骑兵靴，还有地质锤。买这些东西的时候我激动不已。我的摄影技术基本上也过关了，现在我准备了八十磅重的化学试剂和设备，一百个玻璃片。简而言之，我准备好了。

现在，出发前只剩下最后一道障碍了：家人。我必须回费城把这件事跟他们说一声。

费　城

1876年5月的费城是全美最热闹的城市，前来参加百年纪念博览会的人几乎把这座城市挤爆了。纪念建国一百周年的那份激动甚至是看得见摸得着的。约翰逊在高耸的展示大厅里走动，这里陈列着很多震惊世界的奇迹——科利斯蒸汽引擎，美国各州和各领地的农作物和植物，还有各种各样的新发明。

最新潮的话题是电力应用的前景：人们甚至在谈论发明电灯，在夜里照亮城市的所有街道。每个人都说爱迪生可以在一年之内解决这个问题。同时还有一些别的电力奇迹让人百思不得其解，比如电话这一神奇的发明。

每个参观展览的人都看到了这个古怪的发明，但没几个人注意到它的价值。约翰逊也是大多数人之一，他在日记中写道："我们已经有电报了，可以满足所有人的交流需求。远程语音交流多出来的好处并不明朗。也许在未来，有些人想要听到对方从远处传来的声音，但这种人也不会太多。就我自己而言，贝尔先生的电话很好玩，但注定没用。”

尽管建筑很美，人也多，但国内形势并非一片大好。适时正值竞选年，人人都在谈论政治。尤利西斯·S. 格兰特总统主持了百年纪念展的开幕式，但是这位小个子将军已经不那么受欢迎了。他的任期充满了丑闻、腐败，到处都是投机者，以致美国陷入了历史上最严重的萧条期。华尔街上数千投资者都破产了；由于产品价格暴跌，加上严冬和蝗灾，西部的农场主也撑不下去了；而且蒙大拿、达科他、怀俄明的领地再次爆发了印第安人战争，使萧条状况雪上加霜，至少是让东部地区的压力更大。民主、共和两党都声称今年的竞选重点在于重建。

不过对于年轻人，尤其是富有的年轻人来说，所有这些新闻——无论好坏——只不过是他出发前夕的一个豪华背景。“我对于博览会充满幻想，”约翰逊写道，“但实际上，展会规整而无趣。我展望未来，西部的荒原将是我的目的地。只要家人同意即可。”

约翰逊一家住在费城里滕豪斯广场前的一栋豪宅里。威廉只知道这么一个家——奢华的装饰，优雅的举止，每扇门后面都有仆人。他决定在早餐时把去西部的消息告诉家人。回想起来，他们的反应真是一点也不意外。

“啊，亲爱的！你为什么想要去那里？”他母亲一边给面包抹黄油一边问。

“我觉得这是个顶好的主意，”他父亲说，“特别好。”

“你觉得这个行动明智吗，威廉？”他母亲又问，“你知道，印第安人那边很不太平。”

“他去西部多好，说不定印第安人会剥他的头皮。”他十四岁的弟弟爱德华说。他总喜欢说这种事情，但是没人理他。

“我还是不懂，”他母亲的声音里显然透着焦虑，“你为什么想去？太没道理了。为什么不去欧洲呢？欧洲更文明，也更安全。”

“我相信他会很安全的，”他父亲说，“不过今天《调查者报》说达科他领地的苏族印第安人起义了。他们派卡斯特去处理这事。他肯定能迅速完成任务。”

“我真不愿想象你被吃掉的情形。”他母亲说。

“妈妈，是被剥头皮，”爱德华纠正她，“他们会把你脑袋周围的头发全部剃掉，当然是在把你打死之后。有时候你还没死透，就能感觉到刀子在眉毛下面动，刮掉头发切开头皮。”

“别在早餐时说这个，爱德华。”

“你太恶心了，爱德华，”他十岁的妹妹艾丽莎说，“我都快吐了。”

“艾丽莎！”

“他就是恶心，妈妈，他是个讨厌鬼。”

“你具体要跟马什教授去什么地方，儿子？”他父亲问。

“去科罗拉多。”

“离达科他近吗？”他母亲问。

“不太近。”

“唉，妈妈，你怎么什么都不懂？”爱德华说。

“科罗拉多有印第安人吗？”

“到处都有印第安人，妈妈。”

“我没问你，爱德华。”

“我认为，在科罗拉多，至少没有心怀恶意的印第安人。”他父亲说，“听说科罗拉多是个好地方。很干燥。”

“别人说那边是一片沙漠，”他母亲说，“居住条件极差。你们住在洞里吗？”

“我们大部分时候会住帐篷。”

“很好，”他父亲说，“空气清新，催人上进。多振奋。”

“所以你跟蛇、野兽、虫子一起睡在地上？太可怕了。”他母亲说。

“在户外过暑假对年轻人很有好处，”他父亲说，“如今很多生病的男孩子都采用‘露营疗法’呢。”

“我认为……”他母亲说，“威廉又没生病。你为什么会想去啊，威廉？”

“我觉得，现在也该做些自己的事情了。”威廉回答。他被自己的这份诚实吓了一跳。

“说得好！”他父亲拍桌子赞同。

他母亲最终同意了，只是看起来依然很担心。他觉得妈妈的过分担心挺傻的。她说的那些担心的事情反而让他干劲十足，鼓起勇气，坚定了决心。

他若知道夏天结束时，他母亲将接到自己的死讯，可能就不会这么想了。

“准备好帮耶鲁大学掘地了没？”

八点整，火车从山洞般的纽约中央火车站出发。约翰逊穿过站台上的人群，他遇到几个和家人站在一起的年轻可爱的女士，却不敢看她们的眼睛。他对自己说，得快点找到同组的人。一共有十二个耶鲁的学生陪马什教授一起去，还有两个工作人员——加尔先生和贝洛斯先生。

马什很早就到了，他站在车厢旁逐个向大家问候：“你好啊，小子，准备好帮耶鲁大学掘地了没？”马什教授平时沉默寡言又多疑，现在却热情友好。他挑选的学生都来自富裕、显赫的家庭，家长们都来给孩子送行。

马什深知自己的工作是给这群富二代当向导，他们的家长将来说不定会感谢他给自家儿子指明了人生方向。很多大人物和神学家都明确抨击考古学研究，指责它是邪恶的，因此马什更加清楚结交富豪的重要性，他这个专业的研究经费都来自私人资助，其中包括他的富商叔叔乔治·皮博迪。另外，在纽约中央公园新建的美国自然历史博物馆最近也接受了很多独立考察的科学家，比如安德鲁·卡内基、J. 皮尔庞特·摩根、马歇尔·菲尔德。

宗教人士急于证明进化论是错的，而富豪们则想证明进化论是对的。因为适者生存的法则从科学角度恰好说明他们居于社会上层是有理由的，他们无所顾忌的生活方式也是正当的。总而言之，查尔斯·达尔文的朋友兼支持者、权威专家查尔斯·莱尔一次又一次地坚持道："在一个必须挣扎求生的世界里，只有强者才能活下来。"

而在这个地方，马什被强者的孩子们包围着。马什私下对贝洛斯说："在纽约告别是田野考察中最重要的部分。"他欢迎约翰逊时，这句话也清晰地印在约翰逊脑中。他像刚才一样，再次说道："你好啊，小子，准备好帮耶鲁大学掘地了没？"

约翰逊身边跟着一群帮忙搬运摄影器材的车站工作人员。马什看了一眼，皱着眉头问："你家里人呢？"

"都在费城，先——教授。"

"你父亲不来送你？"马什想起约翰逊的父亲是做船运业的。他不太懂船运业，但是那个行业显然盈利丰厚而且充满非法交易。船运业肯定日进斗金。

"我爸在费城就送过我了。"

“是吗？很多家长都会来和我见个面，说说考察的事……”

“对，肯定是的。但是你看，他们觉得到这里来会有点不方便——我妈妈，不太赞成。”

“你母亲不太赞成？”马什的语气十分失望，“不赞成什么？不会是反对我吧……”

“哦，不。是印第安人，教授。她不赞同我去西部，是因为她怕印第安人。”

马什哼了一声：“她显然不了解我的背景。我与红种人是亲密的朋友，他们很尊重我。印第安人不会找我们麻烦的，我保证。”

但是马什对目前的情况显然不满意，他事后对贝洛斯说，那个约翰逊“看起来比别人老”，还若有所指地说：“也许他根本就不是学生。他父亲是做船运的。这事简直不用多说。”

汽笛鸣响，学生们最后一次和家人亲吻告别，然后火车驶离了车站。

马什给大家安排了私人车厢，而提供这项服务的正是海军准将范德比尔特本人。他老人家现在已经八十二岁高龄，而且正卧病不起。安排私人车厢不过是马什透过自己和范德比尔特这种政府、军队及商业巨头的关系网捞到的诸多好处之一。

在全盛时期，海军准将受到全纽约的崇拜。他身材高大，冬夏都穿着皮毛衣衫。他本来是一名荷兰农夫的儿子，是一个没受过什么教育的史泰登岛渡轮小工，凭着冷酷又好斗的本性和尖刻油滑的一张嘴控制了纽约到旧金山的航线。之后又开始搞铁路，把自己的纽约中央铁路公司从纽约中心一路发展到了生机勃勃的芝加哥。他一直充满传奇色彩，在被打败的时候也不例外。当杰伊·古尔德打败他夺得伊利铁路控制权时，他说：“伊利铁路争夺战教会了我一件事，那就是永远不要花钱去招惹臭鼬。”另外一次，他对自己的律师抱怨：“我管法律干什么？我不是有权力吗？”——这话让他成了传奇人物。

到了晚年，范德比尔特变得越来越古怪。他喜欢结交预言师和催眠师，在重要的商业问题上总是去问死人的意见。另外，虽然他对维多利亚·伍德哈尔这样的女权主义者恨之入骨，但追求起孙女辈的女孩子却毫不含糊。

几天前，纽约报纸的头条突然称“范德比尔特将死！”，结果这老头跳下床朝记者们怒吼：“我好着呢！就算我真的快死了，我也还有力气把这份破报纸塞进你们的嗓子眼！”至少记者们是这么写的，只不过全美国的人都知道海军准将大人的原话肯定更加不堪入耳。

优雅和时髦完全不足以形容范德比尔特安排的车厢。台灯都是蒂芙尼的，各种用品都是瓷质和水晶材质，簇新的卧铺都是乔治·普尔曼的发明。约翰逊和别的同学见了面，他在日记里写道："这些人有些无趣，都是被家里惯着的，不过总的来说，大家都爱冒险。我们都怕同一个人——马什教授。"

这也不难理解，大家见过马什在车厢里发号施令，他一会儿坐在豪华长沙发上抽雪茄，一会儿又打个响指让侍者给他端上冰镇饮料。他完全把自己想象成了一个和周围豪华环境相称的大人物。事实上，有时候报纸确实会把他叫作"骨头男爵"，就像卡内基的绰号是"钢铁男爵"、洛克菲勒的绰号是"石油男爵"一样。

和以上这些大人物一样，马什也是自学成才的。他是一个纽约农民的儿子，很早就显示出对于化石和科研的兴趣。尽管家里人对他冷嘲热讽，他还是考上了位于安多佛的菲利普斯学院，二十九岁毕业时他获得了很高的荣誉，外加一个绰号"马什老爹"。从安多佛毕业后他进了耶鲁，然后又从耶鲁去了英格兰，恳求他的慈善家舅舅乔治·皮博迪的支持。他舅舅敬佩一切形式的科研，也很乐意见到自己的亲戚投身学术。皮博迪给奥思尼尔·马什设立了一支基金，支持他在耶鲁大学建立皮博迪博物馆。唯一的蹊跷是皮博迪后来又在哈佛大学设立了一支相似的基金，建立了另一座皮博迪博物馆。这主要是因为马什支持达尔文主义，但是乔治·皮博迪很不赞成这种反宗教理论。哈佛大学是路易斯·阿加西斯的母校，这位伟大的动物学教授反对达尔文的思想，因此也是反对进化论的主要力量。皮博迪觉得，哈佛可以帮他纠正自己外甥的越轨之举。这些消息都是约翰逊夜里在摇摇晃晃的普尔曼卧铺上听来的悄悄话。那些激动不已的学生说着说着就睡着了。

第二天早上，他们到了罗切斯特市，中午到了布法罗，大家都期待看见尼亚加拉大瀑布。不幸的是，他们只在下游距离瀑布很远的桥上瞥了一眼。但是大家的失望情绪很快就过去了，因为他们得到通知，马什教授将在特等车厢和所有人见面。

马什看了看走廊，关上门反锁起来。尽管下午很温暖，他还是把窗户也锁了起来。然后他转身面对着十二个学生。

“你们肯定很想知道我们到底要去哪里，”他说，“但是现在还不能说，过了芝加哥之后我再告诉你们。与此同时，我提醒你们，避免和陌生人接触，也不要提我们的计划。他各处都有眼线。”

一个学生试探着问：“是谁？”

“当然是科普！”马什厉声说。

听到这个熟悉的名字，学生们茫然地看着彼此，但马什没管他们，他还在不停地踱步。“先生们，我必须提醒你们提防他，怎么谨慎都不为过。爱德华·德林克·科普教授表面上看起来是个学者，但实际上他是个贼，是个偷窥狂。据我所知，凡是能偷来的东西他绝不会通过劳动获得。这个人是个不劳而获的小偷、骗子。你们务必小心。”

马什像用力过度似的大口喘着气。他环视整个房间，问：“有问题吗？”

没有。

“很好，”马什说，“我只是把事情说清楚。过了芝加哥你们会得到新消息。同时，保密。”

学生们迷惑不已地离开车厢。

有个名叫温斯洛的年轻人知道科普是谁。“他是另一个考古学教授，我记得应该是宾夕法尼亚州哈弗福德学院[1]的教授。他和马什曾经是朋友，现在却成了死对头。我听说，教授挖掘出第一具化石的时候，科普便想要窃取他的成果，从那时候起他们两个就闹翻了。而且科普追求了马什想娶的女士，还败坏了她的名声，至少是给她抹了黑。我还听说，科普的父亲是个贵格会的富商，给他留下了几百万美元遗产。所以科普想干什么就干什么。他似乎游手好闲又爱吹牛。他会用一切肮脏手段来偷马什的东西。所以马什才那么多疑——他一直在防备科普和科普的探子。”

1　科普实际为宾夕法尼亚大学的教授。此处疑为温斯洛记忆出错。

“我对此一无所知。”约翰逊说。

“嗯，你现在知道了。”温斯洛回答。他看着窗外飞驰而过的绿色玉米田。火车离开了纽约州，穿过宾夕法尼亚，进入俄亥俄。“我自己觉得吧，”温斯洛说，“我不懂你为什么要参加这趟探险。要不是家里人逼我，我才不去呢。我爸坚持说暑假去西部能让我‘更像个男人’。”他十分不解地摇头。“上帝。我只知道三个月时间吃不好、喝不好，到处都是虫子，没姑娘，没乐子。上帝啊。”

约翰逊还是很在意科普，他去问马什的助手——苦着脸的动物学指导员贝洛斯。贝洛斯立刻警觉起来：“你为什么要问？”

“我只是好奇。”

“那么为什么偏偏你要来问？别的学生都不问。”

“可能是因为他们没兴趣。”

“可能是因为他们没理由感兴趣。”

“那是一回事，”约翰逊说，“不是吗？”

贝洛斯意味深长地看了他一眼：“我问你，真的是一回事吗？”

“嗯，我觉得是，”约翰逊说，“不过我也不确定。我们的对话越来越绕了。”

“别糊弄我，小子，”贝洛斯说，“你大概觉得我是个傻子，你也许觉得我们都是傻子——但是你得知道，我们不傻。”

然后他走掉了，扔下约翰逊一个人。他越发好奇了。

《马什的日记》：

贝洛斯汇报说那个叫W. J. 的学生打听科普的事情！简直狂妄大胆！他肯定以为我们都是傻子！我很愤怒！愤怒！！愤怒！！！

有关W. J. 的怀疑得到了证实。费城出身、船运家庭等——完全一目了然。明天和W. J. 谈话，确定下一步行动计划。我要确保那小子不会添乱。

一连数小时，印第安纳州的农田一英里又一英里地从窗外掠过，约翰逊觉得这幅景象十分单调。他正用手撑着下巴打瞌睡，这时候马什突然说："关于科普你知道些什么？"

约翰逊立刻坐起来："什么都不知道，教授。"

"嗯，那我来告诉你一些你可能不知道的事情。他为了遗产杀了自己的父亲。你知道吗？"

"不知道，教授。"

"就在半年前，他杀了他父亲。他妻子是个残疾人，从来没有做过任何伤害他的事情——她崇拜他，他却出轨了，然而那个可怜的女人还一味地相信他。"

“这么说，他是个彻头彻尾的罪犯？”

马什瞪了他一眼：“你不信？”

“我相信你，教授。”

“而且这人特别不讲卫生。他又臭又邋遢。当然我不想针对他这个人。”

“明白，教授。”

“这个人极其不道德且没有丝毫信用。侵占土地和采矿权那个丑闻你知道吧，他就是因为那件事被赶出了地质学术圈。”

“他被赶出了地质学术圈？”

“很多年前的事情了，你不相信我吗？”

“我相信你，教授。”

“哼，你看起来一点也不相信。”

“我真的相信你，”约翰逊坚持道，“我相信你。”

然后，一阵沉默。火车咔嗒咔嗒地前进。马什清了清嗓子：“你认识科普教授吗，比如在以前的某些巧合中？”

“不，我不认识他。”

“我还以为你认识他。”

“没那回事，教授。”

“如果你认识他，那还是把所有的事情都告诉我比较好，”马什说，“不要憋在心里。”

“如果我认识他，我会说的，教授，”约翰逊回答，“我会说的。不过我完全不认识那个人。”

“好吧，”马什仔细观察着约翰逊的神情，“嗯。”

那天稍晚些的时候，约翰逊看到一个瘦得要命的年轻人在皮质封面的笔记本上写什么东西。他是苏格兰人，名字似乎叫路易斯·史蒂文森。

“你要坐到哪一站？”约翰逊问。

“终点站，加利福尼亚。”史蒂文森说着又点起了一支雪茄。他不停地抽烟，细长的手指头都被染成了暗褐色。他老是咳嗽，看起来不像是那种身强体壮、主动去西部的人，约翰逊便问他为什么要去西部。

“我爱的那个人，她在加利福尼亚。”史蒂文森简单地说。

然后他又继续做笔记，似乎已经忘了约翰逊。约翰逊也去找更加意气相投的伙伴，接着他就遇到了马什。

“那边那个年轻人。”马什说着朝对面的车厢点点头。

“他怎么了？”

“你在和他说话。”

“他叫史蒂文森。”

“我不信任做笔记的人。”马什说，“你们谈了些什么？”

“他是从苏格兰来的，去加利福尼亚找他心爱的女人。”

“真是浪漫。他有没有问你要去哪里？”

“没有，他不感兴趣。”

马什白了他一眼：“嘴上是这么说。”

“我调查了一下那个名叫史蒂文森的家伙，”过了些时候，马什对全体组员说，“他是从苏格兰来的，要去加利福尼亚找一个女人。他身体很不好。很显然他自以为是个作家，所以整天写个不停。”

约翰逊没说话。

“我觉得你们可能会有兴趣，”马什说，“我个人认为他抽烟抽太多了。”

马什看了看窗外。“啊，湖，”他说，“我们马上就要到芝加哥了。”

芝加哥

不管是从人口还是从经济上来说，芝加哥都是世界上发展最快的城市。1840年，它还是一个只有四千人的小牧场，现在则以每五年翻一番的速度飞快发展。它又以“石板城”和“牧场泥坑”闻名，它沿着密歇根湖拓展到了三十五平方英里，处处是平整的马路和人行道，繁华大街上车流如梭，到处都是豪华大楼、高档商场、酒店、美术馆、剧院。尽管五年前，芝加哥全城才遭遇了一场大火。

芝加哥的成功与气候、土壤没有任何关系。密歇根湖周围的土地大都是沼泽，早期的建筑总是陷入泥土里，后来出现了一个年轻又聪明的芝加哥设计师乔治·普尔曼，他发明了把房子用支架支起来的办法。芝加哥的水污染十分严重，游客经常在饮用水中发现小鱼——甚至牛奶里都有小鱼。这里的天气则是坏到极点：夏天炎热，冬天寒冷，一年四季狂风大作。

芝加哥的成功要归因于它的地理位置——它位于美国的心脏地带，作为铁路枢纽和船运中心都十分重要，而且它能处理重达数吨的大批量猪肉和牛肉。

“牛也好，猪也罢，我喜欢把毛、血、皮、肉、内脏全部变成税收。”菲利普·阿穆尔这样说道。他是芝加哥大型牲畜养殖场的创始人之一。跟他合作的人中有肉类加工巨头古斯塔夫斯·斯威夫特，他们一起统治着这一产业。每年有四百万头猪和牛被配送到各地——城里六分之一的人受他们雇用。经过集中配置、机械化宰杀，以及铁路车厢的冷冻运输，芝加哥城的贵族老爷们建立起一项全新的产业——食品加工业。

芝加哥有着全世界最大的养殖场，这儿甚至有很多游客前来参观。这帮耶鲁的学生中有一个是斯威夫特的侄子，因此他们也去参观养殖场。约翰逊觉得这个景点有些可疑。但马什并不准备在芝加哥观光，他是来办事的。

离开了宏伟的湖岸火车站之后，马什带领小组到了大太平洋酒店。大家都被这家世界上最大、最豪华的酒店惊呆了。按照惯例，马什给学生们安排了最好的房间，还有记者准备好了采访他们。

奥思尼尔·马什向来是新闻的好素材。一年前的1875年，他发现了印第安事务局的丑闻，当时事务局的官员并没有把钱和食物发给保留地的居民，而是据为己有，印第安人因此忍饥挨饿。马什通过苏族的传奇酋长红云本人得到了这个消息，他把相关证据透露给华盛顿方面，使格兰特总统的执政形象在东部自由派势力眼中一落千丈。马什是红云的好朋友，因此记者们希望他谈谈目前甚嚣尘上的苏族战争。马什说："这是一场可怕的冲突，但是在印第安的问题上从来没有简单的回答。"

而芝加哥的记者们也乐于讲述马什早年的成就——加的夫巨人事件。

1869年，纽约加的夫地区出土了一具十英尺高的巨人骨架，很快这个消息传遍全国。大部分人认为，这骨架属于挪亚大洪水时期被淹死的一个人类种族，《纽约先驱报》的戈登·本内特和一些学者声称这一点确凿无疑。

马什当时是耶鲁的一位新晋考古学教授，他去看了那具化石，然后说"真是厉害"。这话被一名记者听见了。

那名记者问："我能引用这句话吗？"

"可以，"马什回答，"你可以引用我说的，'真是很厉害的赝品'。"

后来发现，那具所谓的巨人化石其实是石膏制品，在芝加哥做的。但这件事让马什在全国范围内备受瞩目——那之后他就经常和记者们打交道了。

“你为什么到芝加哥来呢？”一名记者问。

“我要去西部，寻找更多的骨化石。”马什回答。

“你会在芝加哥寻找骨化石吗？”

马什笑着回答：“不，我们要在芝加哥见一见谢里登将军，为我们的队伍安排联络员。”

马什带上约翰逊一起去，是因为他想和谢里登将军合影。

小菲尔·谢里登四十五岁，身体结实，精力充沛，爱嚼烟草，说话尖酸刻薄。他集结了部队成员去参加印第安战争，包括克鲁克将军、特里将军和卡斯特将军等人都上了战场，在丛林中猎杀苏族人。谢里登特别欣赏阿姆斯特朗·卡斯特，甚至不顾格兰特总统的反对也要把卡斯特调回来，和克鲁克将军、特里将军一起参加印第安战争。

“这不是一场简单的战斗，”谢里登说，“我们需要一个人来配合卡斯特的冲锋。印第安人肯定会被赶出自己的家园，不管我们愿不愿意，他们都会疯了一样地和我们战斗。印第安事务局给他们配备了精良的步枪，但这也无所谓。主要冲突地区将在蒙大拿和怀俄明。”

“怀俄明，”马什说，“嗯。我的队员会有危险吗？”约翰逊注意到他其实没有半点不安。

“我看没有。”谢里登朝着房子另一端的痰盂精准地啐了一口，“只要别进入怀俄明和蒙大拿，你们就肯定安全。”

然后马什摆好姿势拍照，他僵硬地站在谢里登将军身边。之后他拿到了几封介绍信，分别写给上面提到的三位将军，以及拉勒米堡和夏延的前指挥官。两小时后，他们回到车站继续西进。

在进站口，一个脸上带着刀疤，看起来凶巴巴的高个子男人突然对约翰逊说：“你要去哪里？”

“我去怀俄明。”约翰逊刚说完这句话就想起自己应该说科罗拉多才对。

“怀俄明！只能祝你好运了。”那人说着转身就走了。

片刻后，马什出现在约翰逊身后。“那人是谁？”

“我不知道。”

“他说什么了？”

“他问我去哪里。”

“是吗？你怎么回答的？”

“怀俄明。”

马什皱皱眉头：“他相信你吗？”

“我不知道。”

“他看起来有可能相信你吗？”

“我觉得相信了，教授。”

“你觉得？”

“我基本确定，教授。”

马什盯着那人走进车站。站台上仍然繁忙拥挤。各种声响此起彼伏，夹杂着火车出站的汽笛声。

“我警告过你不要跟陌生人说话。”过了一会儿他说，“刚才跟你说话的那人是科普最中意的手下——水手乔·贝内迪克特。一个人渣。但是你跟他说我们去怀俄明，很好。”

“你的意思是我们不去怀俄明？”

“对，”马什说，“我们去科罗拉多。”

“科罗拉多！”

“是啊，”马什说，“科罗拉多是西部最适合挖掘骨头化石的地方，当然科普那种蠢货是不懂的。”

去西部

芝加哥西北铁路公司的列车载着他们穿过艾奥瓦州克林顿市的密西西比河，河上的铁桥有十一个桥墩，长达一英里。学生们在穿过这座全美最长的桥时都非常激动，但是越过那条浑浊的大河之后，大家又开始无聊起来。艾奥瓦州全是大片的农田，只有少许路标，几乎没什么有趣的风景。干燥的热风打在车窗上，偶尔会冒出来几只昆虫或者蝴蝶。闷热枯燥的氛围笼罩着整个团队。

约翰逊希望看到印第安人，但是他什么也没看见。他身边一位乘客笑起来："这一片已经有四十多年不见印第安人了，自从黑鹰战争过后就没了。你想看印第安人就得去西部。"

"这里不算西部吗？"约翰逊问。

"还不算，得过了密苏里州才行。"

"我们什么时候才能穿过密苏里州？"

“过了锡达拉皮兹市就是，还有半天的路程。”

不过身处开阔的平原且已经渡过密西西比河，大家似乎受到了某种影响。每到一个车站或者燃料补给站，就有人跑到站台上去，拿出手枪对着平原上的野狗和野鸡开枪。鸟会飞到空中，而别的动物则慌忙逃窜。其实没有人打中过什么东西。

其中一个乘客说：“哈，他们就是感受一下广阔的空间而已。”

约翰逊觉得这广阔的空间十分乏味。学生们只能打牌或者玩多米诺取乐，但还是无聊。他们偶尔会下车去站台上走走，但是每个车站都差不多，所以他们大部分时候都待在车里。

在锡达拉皮兹市，火车停了两小时，约翰逊决定出去活动活动腿脚。于是他绕着这个小车站走了一圈，车站建在一片小麦田边上，他看到马什在小声和那个刀疤脸说话，就是那个科普的手下水手乔·贝内迪克特。他们两个看起来很熟，马什从衣服口袋里拿了个东西交给贝内迪克特，约翰逊在阳光下隐约看到一点金色。他躲在墙角后面，趁着没人发现的时候赶紧回了车厢。

当火车再次启动，约翰逊正困惑不已的时候，马什突然坐到他身边。

“我在想，今年夏天科普会去哪里呢？”马什仿佛自言自语似的说。

约翰逊没回答。

“我在想，今年夏天科普会去哪里呢？”马什又问。

“问得好。”约翰逊回答。

“我猜想，他会和我们一样，去往科罗拉多。”

“我不知道。”约翰逊对这番对话感到厌倦，他径直盯上马什的眼睛，一动不动地看着他。

“确实，”马什很快地说，“确实不知道。”

他们这天傍晚到达了康瑟尔布拉夫斯准备进入密苏里州，这也是芝加哥西北铁路的最后一段。过了桥在奥马哈的那一侧，火车就驶上太平洋联合铁路公司的路段，一路开往旧金山。太平洋联合铁路车站是个露天的大车站，挤满了各种各样的乘客。有衣衫褴褛的男人、浓妆艳抹的女人、身强体壮的混混、扒手、士兵、又哭又闹的小孩、路边摊、汪汪叫的狗、老头老太太、配枪的人——三教九流无所不有，所有人都满脸期待，准备大干一场。

“是黑丘陵人，”马什解释说，“他们去夏延或者拉勒米堡之前都聚在这里，也有人从这里去往黑丘陵找金矿。”

期待着感受“真正的西部”的学生个个高兴极了，他们都觉得自己因此变得更接近“真正的自己”了。

尽管幸福，约翰逊却觉得这情景挺悲伤的。他在日记中写道：“对财富和名誉的渴望，或者说是对物质享受的渴望，竟能这样轻易地诱惑这些人！

“很显然只有少数人能如愿以偿。其他人则只会遭遇失望、艰辛、疾病，甚至死于饥饿，或死在印第安人和强盗手上——他们专挑满怀希望的拓荒者下手。”

然后他又讽刺地加了一句：“还好我要去的不是危机四伏的黑丘陵。”

西　部

过了奥马哈之后就是真正的西部了。大家乘着火车，听着年长旅客的话再次兴奋起来。不过他们看不到水牛——自横贯大陆的铁道开通以来，七年过去了，水牛已经从铁道沿线区域消失了。的确，这种富有传奇色彩的畜群以极快的速度消失了。

然后传来一个令人振奋的叫喊声："印第安人！"

大家全都跑到车厢一侧，脸贴着玻璃。他们看到很远处有三个圆锥帐篷，旁边有几匹马，还有几个黑色的侧影站在那里看着火车开过去。接着，印第安人便消失在了小山后面。

"他们是哪个部落的？"约翰逊问。他站在马什的助手加尔身边。

"可能是波尼人吧。"加尔平静地说。

"他们是敌人吗？"

“有可能。”

约翰逊想到妈妈说的话。“我们会见到更多印第安人吗？”

“会的，”加尔说，“我们去的地方有很多印第安人。”

“真的？”

“是啊，而且可能很不友好。在黑丘陵那边说不定会和苏族打起来，全面爆发战争。”

联邦政府在1868年和苏族签订过条约。条约中规定：达科他领地的苏族保留对黑丘陵的独占权，那边的土地是属于他们的。“那个条约对苏族过于优待了，”加尔说，“政府甚至同意撤除那一带的所有边界贸易站和军队据点。”

1868年，怀俄明、蒙大拿、达科他三个领地的地方连起来是相当大的一片区域。那里既遥远又蛮荒。华盛顿人根本不能理解西部的开发速度有多快。在条约签订后一年，跨大陆的铁路修建了起来，人们可以在几天之内就到达从前要花好几周横跨大陆才能到达的地方。

如果不是1874年科斯特在例行巡逻黑丘陵的时候发现了金矿，苏族的土地会一直受到保护。在全国范围内的经济衰退期突然传出金矿的消息，任何人都会被吸引。

“即使是在最繁荣的时代，人也会被金子吸引，”加尔说，“这是事实。”

尽管联邦政府禁止开采，但还是有人偷偷跑到黑丘陵一带。1874年和1875年，军队巡逻时会驱赶淘金者，苏族人一发现淘金者就把他们杀死。但即便如此，还是有越来越多的人赶去那儿。

苏族人认为条约被破坏了，于是就发动了战争。在1876年5月，政府派军队去镇压苏族暴动。

“所以印第安人确实占理？”约翰逊问。

加尔耸耸肩：“你阻止不了事态发展，这是个事实。”

“我们会靠近黑丘陵吗？”

加尔点头：“很近。”

约翰逊对于地理的印象很模糊，于是他就发挥想象力。外面广阔的荒野看起来十分无趣，且更加荒凉了。

“印第安人经常袭击白人吗？”

“嗯，很难说，”加尔回答，“他们就像野生动物一样，你永远不知道他们要做什么，他们非常不开化。”

进入奥马哈以西后，火车平缓地驶入了落基山脉的高原地带。他们看到了越来越多的动物——野狗，偶尔还有羚羊，日落时分郊狼在远处飞奔。城镇规模越来越小，也越来越荒凉：弗里蒙特市、卡尼车站、阿尔卡利、奥加拉拉、朱尔斯堡，最后还有臭名昭著的悉尼，列车员警告，如果他们“爱惜小命”的话就不要下车。

当然他们都下车了。

他们看到的是一连串木制建筑的店面，镇子十分安静。约翰逊写道：“基本上全是旅行用品店、马厩和酒吧，这三种产业构成了当地的经济支柱。悉尼是距离黑丘陵最近的城镇，镇上有很多移民，大家都觉得物价高得离谱。我们没见到镇上著名的谋杀和割喉，毕竟我们只停留了一小时而已。”

不过他们很快就不再失望了，因为太平洋联合铁路公司的火车带着他们加速前往更加声名狼藉的地方：怀俄明领地的夏延。

进入夏延，旅行者们把自己的六发左轮手枪都装好了子弹。列车员把马什拉到一边对他说，最好给自己的考察队雇个保镖，确保大家安全经过夏延。

约翰逊写道：“这番话让我们开心又紧张，心里无比期待，我们想象的是一个狂野得无法无天的地方，结果事实证明那只是我们的想象罢了。”

夏延是个秩序井然的聚居地，木制建筑中夹杂着很多砖瓦房屋，但也不是特别平静。夏延有一所学校、两家剧院、五座教堂、二十家赌馆。当时有人写道：“夏延的赌博绝对不只是娱乐消遣，它已经成了体面且合法的行业——十之八九的人都从事赌博，有些是长期的，有些是短期的。”

赌场二十四小时营业，是这个镇子的主要税收来源。赌场经营者为了获得经营许可，每年每张桌子要向市政缴纳六百美元，而每家赌场基本上都有六至十二张绿色粗呢面的桌子。该行业的重要性由此可见一斑。

马什事先预订了夏延内海旅店的特价房间，学生们入住旅店，个个对赌博兴致勃勃。内海旅店虽然是镇上最好的旅店，但约翰逊是这样描述的：“简直是蟑螂的仓库，老鼠沿着墙乱跑，整天吱吱叫个不停。”但是不管怎么说，每个人都有单独的房间。洗了热水澡后，大家就准备去街上逛逛夜市了。

在夏延过夜

尽管都有些担心，但这群人——十二个老老实实的下东区年轻人一起出去了，穿着高领衬衣，戴着圆顶礼帽，努力装得不屑一顾，从一家赌场逛到另一家赌场。这个镇子白天看起来平静得了无生趣，晚上却突然显出险恶的一面。

赌场窗户里透出黄色的灯光，过道上挤满了牛仔、枪手、赌客和残暴的罪犯，他们饶有趣味地看着他们。“这些坏蛋一边朝你笑，一边就把你打死了。”一个学生夸张地说。大家感受着史密斯威森左轮手枪挂在腰间那份陌生的重量，各自掂量着自己的枪。

有个人突然拦住他们。“你们看起来像好人，”他对学生们说，“听我的劝，在夏延如果不打算拔出来开枪就别摸枪。这一带的人不看你的脸，只看你的手，而且所有人晚上都喝得不少。”

过道上不只有枪手，他们还遇到了几个浓妆艳抹的站街女，在黑洞洞的门口卖弄风情，招呼他们。每个人都觉得这里别有风味，十分刺激，这是他们首次体验真正的西部，他们期待已久的、危险的西部。大家逛了几家赌场，尝了点烈酒，玩了几把基诺和21点。其中一个学生掏出怀表："快十点了，我们还没见过人开枪呢。"语气有些失望。

但几分钟后，他们就见识到别人开枪了。"发生得太快了，令人震惊。"约翰逊这样写道：

一开始是突然有人喊话、骂人，接着就是摔椅子，两个人隔着几尺远互相吼叫，其他人纷纷躲避。那两个人都是最粗暴的赌徒。"动手吧。"其中一个说。另一个立刻摸枪，说话的那个也马上开枪，并且击中了对手的腹部。空气中冒出一团黑烟，被枪击的那个人连连后退，退到屋子另一边，伤口附近的衣料都被烧焦了。他流了很多血，含混地呻吟着，然后抽搐了几下彻底死了。几个围观的人催促开枪的人出去。镇上的治安官被叫来了，但是他到的时候，赌客们都各自坐回桌边，继续刚刚被打断的赌局。

这一幕实在太冷血，学生们虽然非常震惊，但是听到隔壁剧场传来的音乐声时忽然都松了口气。几个赌客离开桌子去看表演，于是大家也跟着过去看了。

就在那里，威廉·约翰逊出乎意料地坠入了爱河。

骄傲巴黎剧场是一座两层的三角形建筑，宽的那头是舞台，台下摆着桌子，两边的墙上都有很高的看台。看台的座位是最贵的，却是离舞台最远的，不过他们还是买了看台座位。

在约翰逊看来，那个表演就是“穿着褶皱边的小裙子唱歌跳舞，最粗糙的那种表演，但是观众都无比热情，他们的态度甚至影响了我们这群人挑剔的品位”。

很快他们就知道看台座位为什么贵了，因为座位头顶就是秋千，穿着网眼袜和暴露上衣的年轻姑娘会从头顶荡过来。她们前后荡秋千的时候，看台的男人们就把钱塞进她们衣服的褶皱里。那些姑娘似乎认识不少客人，大家互相开一些没什么恶意的玩笑。姑娘们喊着“看好他们的手，弗莱德！”，以及“克莱姆，你的大雪茄不错啊！”。还有其他这样那样的对话。

一个学生闻了闻周围的味道。“她们跟妓女差不多一个味道。”但是其他人光顾着看，又喊又叫，和剩下的人一起塞钱。那些姑娘看到来了东部打扮的新面孔，都用力地朝他们荡过来。

剧场确实很有意思，荡秋千的姑娘们换了套衣服继续荡，其中一个离他们的看台很近。约翰逊笑着又掏出一张钞票，这时候他忽然接上了那女孩的目光，剧场的噪声仿佛突然消失了，时间也停止了，除了她专注的眼神和自己狂跳的心脏，约翰逊什么都忘了。

她的名字叫吕西安娜。“是法语名。”她一边解释，一边擦了擦肩上亮晶晶的汗水。

他们一起下楼，坐在楼下的桌边，剧场的姑娘在表演的间隙可以陪客人喝酒。别的学生都回旅店了，但约翰逊还没走，他希望吕西安娜能出来。她确实出来了，并且直接走到约翰逊桌边，说：“请我喝一杯吗？”

“好啊。”约翰逊说。吕西安娜点了威士忌，约翰逊也点了一样的。然后他问她名字，她就说了。

“吕西安娜，”约翰逊重复道，“吕西安娜。好名字。”

“巴黎很多女孩都叫吕西安娜，”她继续擦汗，“你叫什么名字？”

“威廉，”他说，“威廉·约翰逊。”吕西安娜的皮肤是粉色的，头发乌黑，眼睛也乌黑闪亮。约翰逊被迷住了。

“你看起来是个绅士。”她笑着说。她笑的时候，嘴闭着避免露出牙齿，看起来神秘而自持。“你从哪里来的？”

“纽黑文，”他说，“我是在费城长大的。”

“东岸？我就知道你很不一样。从你穿的衣服就能看出来。”

他担心吕西安娜会因此不搭理他，一时间不知道说什么好。

“你在东岸有女朋友吗？”她坦率地问，对话又能继续下去了。

“我——”他停了一下，觉得最好是说实话，“前几年在费城的时候我有个很喜欢的女孩，但是她对我没有兴趣。”他看着吕西安娜的眼睛，“不过那是很久以前的事情了。”

她低头轻轻笑了笑。约翰逊告诉自己一定要想点话题来说。

“你是哪里人？”他问，“你的口音不像法国人。”说不定她是很小的时候就从法国来美国的。

“我是从圣路易斯来的，吕西安娜只是艺名，”她欢快地说，“巴洛先生，也就是经理，让每个参加表演的人都取个法国名字，因为剧场的名字就叫骄傲巴黎剧场嘛。他人挺好的，巴洛先生。”

“你来夏延很久了吗？”

“哦，不久，”她说，“之前我在弗吉尼亚城的剧场表演，我们演出英国作家写的正经剧。不过去年冬天爆发伤寒，剧场关门了。我本来是要回家看妈妈的，但是身上的钱只够到这里。”

她笑起来，约翰逊发现她门牙缺了一块。这点小缺陷让她显得更可爱了。毫无疑问她是个独立的女性，为生活独自打拼。

“你呢？”吕西安娜问，“你要去黑丘陵？淘金吗？”

他笑了。“不，我是跟一队科学家一起去挖化石。”他脸色阴下来，“化石。古代的骨头。”他解释道。

“挖化石能挣钱吗？”

“不能，完全是为了科学。”约翰逊说。

她把温暖的手放在约翰逊的胳膊上时，给他带来触电一样的感觉。“我知道你们这些淘金者都有自己的秘密，”她说，“我不会告诉别人的。”

“真的。我只是去挖化石而已。”

她又笑了笑，不再纠结这个话题。“你们在夏延停留多久？”

“我只在这里停留一晚。明天我就离开继续前往西部。”

这个想法让他突然有种愉快又痛苦的感觉，但是吕西安娜对此似乎并没有十分在意。她依然非常坦率地说：“再过一小时我又要表演，然后陪客人待一小时，之后我就有时间了。”

“我等你，”约翰逊说，“我一整个晚上都等你。”

她俯身在他脸上轻吻了一下：“等着我。”然后她穿过房间里拥挤的人群。那群男人正在等她。

这天晚上剩下的时间都像梦一样轻飘飘地过去了。约翰逊完全不觉得累，他高兴地等到吕西安娜结束表演。他们在剧场外碰头。她换了一身庄重的深色棉布衣服，挽住他的胳膊。

过道上有个人和他们擦肩而过。那人在黑暗中说："稍后见，露西？"

"今晚不行，本。"她笑着说，约翰逊转头看着那人，但吕西安娜解释说，"那是我叔叔。他照顾我。你住在哪里？"

"内海旅店。"

"我们不能去那边，"她说，"他们管理房间很严。"

"我送你回家。"约翰逊说。

她露出好笑的表情，然后笑着说："好啊。那当然好。"

他们走着，吕西安娜的头靠在他的肩上。

"累了吗？"

"有点。"

晚上很暖和，空气清新。约翰逊觉得整个人无比平静。

"我会想你的。"他说。

"嗯，我也是。"

"我会回来的。"

"什么时候？"

"8月底吧。"

"8月，"她轻声重复，"8月。"

“我知道时间很久——”

“也不是很久——”

“但是之后我就有时间了。我会离开考察队和你在一起，怎么样？”

吕西安娜靠着他的肩。“真不错。”他们安静地走着，“你人真好，威廉。你是个好人。”

然后她一转身，无比自然地，在西部夏延镇的黑夜里亲了他，那种很深的亲吻是约翰逊之前从未体会过的。他觉得自己要高兴得死掉了。“我爱你，吕西安娜。”他低声说。这句话不经意地冒出来了。这是真的，他感觉自己全身心地爱着吕西安娜。

她摸摸他的脸：“你是个好人。”

他们这样过了很久，在黑暗中注视着对方。然后再次亲吻，接着第三次亲吻。他几乎喘不过气来。

“我们继续走吧？”他终于说。

她摇头：“你回去吧。回旅店。”

“我最好送你到门口。”

“不，”她说，“你明早还要坐火车，还是回去休息吧。”

他看了看周围的街道：“你确定没问题吗？”

“没问题的。”

“保证？”

她笑了：“保证。”

约翰逊朝旅店的方向走了几步，又转身看着她。

“不用担心。”她大声说着，给了他一个飞吻。

约翰逊也回给她一个飞吻，然后走了。到街道尽头，约翰逊回头看的时候，她已经不见了。

到了旅店，睡得迷迷糊糊的前台给了他钥匙。“今晚过得开心吗，先生？”他说。

“非常好，”约翰逊回答，“非常非常好。”

夏延的早上

约翰逊早上八点醒来时，整个人十分精神。他看了看窗外夏延的街道，盒子似的建筑立在平原上。它们从各个角度来看都是很无聊的景观，约翰逊却觉得十分美好。天气很好，晴朗温暖，天空中飘浮着西部特有的蓬松云朵。

确实，接下来好几周他都见不到美丽的吕西安娜，要等到返程才能再见了，但是这一事实反而给他的心情增添了甜蜜的心酸。他下楼去餐厅的时候心情大好地开着玩笑，马什的小组原计划九点吃早餐。

但是一个人也没有。

供多人用餐的桌子倒是在，但是侍者已经在收盘子了。

“其他人呢？”约翰逊问。

“你指谁？”

“马什教授和他的学生。”

“他们不在这里了。”侍者回答。

“他们在哪里？”

“一小时之前就走了。”

他的话慢慢地变得沉重起来：“教授和他的学生都走了？”

“他们去赶九点的火车了。”

“什么九点的火车？”

侍者不耐烦地看着约翰逊说：“我还有很多事情要做。”然后他转身继续收盘子。

他们的行李和考察设备一起放在旅店一楼的大堂的前台后面。门童打开门：房间都空了，只剩下约翰逊的摄影装备。

“他们走了！”

“你落下了什么东西吗？”门童问。

“不，不是我。是其他人都不见了。”

“我刚来上班。”领班不无歉意地说。他是个十六岁的男生。“也许你该去前台问问。”

“啊，对，约翰逊先生，”前台的人说，“马什教授说，他们出发的时候不用叫醒你。他说你只到夏延，不参加考察。”

“他说什么？”

“他说你不参加考察了。”

约翰逊觉得一阵恐慌。“他为什么这么说？”

“我不知道，先生。”

“那我怎么办？”约翰逊大声说。

他的言语和神情肯定显得十分沮丧。前台的人很同情地看着他。

“再过半小时，餐厅就能上早餐了。”前台说。

约翰逊没胃口，但他还是回到餐厅，坐在旁边一张小桌子上。侍者还在收拾桌上的盘子，约翰逊看着他，想象着马什和其他学生兴奋地谈话、准备离开的情形……他们为什么要撇下他？会是什么原因？

门童来到他身边：“你是马什考察队的成员吗？”

“我是。”

“教授希望和你一起吃早餐。”

约翰逊忽然以为这一切都是假的，教授还没走，只是旅店员工搞错了，所有的事情都很正常。

他松了一口气说：“当然，他和我一起吧。”

片刻后，一个尖细的声音说道：“约翰逊先生？”

约翰逊看到一个他从未见过的人来到桌边——金发，瘦高个，留着髭须和山羊胡。他很高，三十多岁，穿得十分正式，衣领很硬，配着长外套。可是尽管衣服昂贵、做工精细，但这个人还是给人一种漫不经心甚至散漫的感觉。他神采奕奕，看起来似乎挺高兴。“我可以和你一起吗？”

“你是谁？”

“你不知道吗？”那人似乎更加愉快了。他伸出手说：“我是科普教授。”约翰逊注意到他握手时很有力气，非常自信，手指上还沾着墨水。

约翰逊看着他，突然想起来了。科普！这就是科普本人！就在夏延，在他眼前！科普示意他坐回座位上，并且示意侍者倒咖啡。“别紧张，”他说，“我不是传闻中那个怪物。只有马什神经病似的想象中才会有那种人。反正他对自然界的描述也是错的。你肯定注意到了，那人偏执阴暗的程度跟他身上的脂肪一样多，而且还总把人看得很坏。还要咖啡吗？”

约翰逊迟钝地点点头，科普又倒了些咖啡。

“你还没点菜的话，我推荐猪肉杂烩。我每天都吃。虽然简单，但是厨师对这道菜特别拿手。”

约翰逊小声说“杂烩不错”。于是侍者就走了。科普朝他笑了笑。

他看起来确实不像坏人，约翰逊心想。他敏捷、精力充沛，可能还有点紧张——但不是坏人。事实上他身上有着年轻甚至孩子气的热忱，同时又有种坚定强大的气质。他看起来是那种能做大事的人。

“现在你打算怎么办？”科普一边问，一边开心地往咖啡里倒了些黑色的糖浆。

“我不该跟你说话。”

“现在似乎无所谓了，那老家伙把你丢下了。现在你打算怎么办？”

“我不知道。也没什么打算。”约翰逊看了看空荡荡的餐厅，“我被小组的人甩了。”

“甩了？他抛弃你了。”

“他为什么这么做？”约翰逊问。

“当然是因为他怀疑你是探子啊。”

“我不是探子。”

科普笑了：“我知道，约翰逊先生，你也知道。每个人都知道，但就是马什不知道。这不过是成千上万个他不知道的事情之一而已，不过他倒觉得自己很懂。”

约翰逊很疑惑，这点无疑显露在脸上了。

“他是怎么跟你们说我的？”科普还是很高兴的样子，“虐待妻子？小偷？拈花惹草？拿斧头砍人？”这些事情对他来说似乎很好笑。

“他对你评价不太好。”

科普那沾着墨水的手指在空中晃了晃，很不在乎的样子：“马什没信仰，不敬畏任何东西。他思想活跃但是很病态。我认识他挺久了。我们曾经是朋友。内战期间我们一起在德国学习。后来我们又一起去新泽西挖掘化石。但那都是很早以前的事情了。”

食物上来了。约翰逊意识到自己很饿。

“这就对了，”科普看着他吃，“我知道你是个摄影师。我需要一个摄影师。我正在前往西部的途中，带领一队宾夕法尼亚大学的学生去挖掘恐龙化石。”

“和马什教授一样。”约翰逊说。

“并不太像马什教授。我们的考察没有特价打折也没有政府优待。我的学生们不是靠关系和家世选出来的，而是凭他们对科学的兴趣选出来的。我们不是去搞自吹自擂的野餐，我们是严肃的科考队。”科普停了一下，研究着约翰逊真诚的表情，“我们的队伍很小，路程也比较艰辛，但是你愿意加入的话我们也很欢迎。”

于是到了中午，威廉·约翰逊带着自己的设备和行李站在夏延火车站的站台上，跟随爱德华·德林克·科普的队伍前往西部。

科普的考察队

他一眼就看出来，科普的队伍没有马什考察队的那种严格的军事化管理。科普的队伍成员三三两两地来到车站。首先是科普和他美丽的妻子安妮，安妮亲切地和约翰逊打了招呼，她没说任何关于马什的坏话，哪怕科普主动提起来也没说。

有个胸膛宽厚的年轻人，二十六岁，名叫查尔斯·H. 斯滕伯格，是从堪萨斯来的化石猎人，从去年起就给科普干活了。斯滕伯格有点跛脚，因为小时候出过事故。由于手上长过瘰疽，他没法和人握手。瘰疽就是长在手上的瘘。而且他还一阵一阵害着疟疾，不过他依然充满了务实能干的气息和古怪的幽默感。

接下来是一个叫J. C. 艾萨克的年轻人（“J. C. 就是J. C. 的意思”）。他见到印地安人就怕。一个半月前，他和他的朋友被印第安人袭击了。其他人都被抓住，剥了头皮，只有艾萨克逃走了，他现在怕得不得了，眼睛周围常常抽搐。

接着又有三个学生过来。利安德·托德·戴维斯是一个气喘吁吁的胖子，戴着眼镜，眼睛有些前凸。托德对印第安社会特别感兴趣，而且似乎十分了解。另一个叫乔治·莫顿，是个面色灰黄、沉默寡言的年轻人，毕业于耶鲁，总是在画画，还宣称自己想成为一个艺术家，或者像他父亲那样成为牧师，但究竟要当什么他还不确定。莫顿真的很沉默，甚至有些阴沉，约翰逊没怎么注意他。最后一个是从宾夕法尼亚来的哈罗德·查普曼，他很活跃、健谈，对骨骼也很有兴趣。被介绍给约翰逊之后，他立刻跑到站台附近去看一堆褪了色的水牛骨头。

约翰逊最喜欢的组员还是美丽的科普夫人，她绝不是马什说的那种糊里糊涂又疾病缠身的人。她会陪着科普的小队行至犹他领地，然后剩下六个人——加上约翰逊就是七个——前往位于蒙大拿领地北部的朱迪斯盆地寻找白垩纪的化石。

“蒙大拿！”约翰逊突然想起谢里登将军说要远离蒙大拿和怀俄明，“你真的要去蒙大拿吗？”

“对，当然要去，那是最激动人心的地方了。”科普一脸热忱地说，“自1855年费迪南德·海登在那里发现大批化石之后，还没有人去过蒙大拿呢。”

“海登后来怎样了？”约翰逊问。

“他被黑足部落的人追杀，”科普说，“他们害得他这辈子都在逃命。”

科普笑出声来。

和科普同去西部

约翰逊在一片漆黑中醒来，他听见了火车的汽笛声。然后他摸出怀表看了看，显示是十点钟。他迷糊了一下，以为是晚上十点。接着，黑暗突然被一阵光亮驱散了，接着又是一阵光亮，闪烁不停的光照亮了他所在的车厢：火车正在穿过落基山连绵的雪峰。他看到了6月底的雪地，那明亮的反光让他感到眼花。

十点！他抓起衣服冲出车厢，发现科普正看着窗外，手指不耐烦地敲着窗框。“对不起，教授，我睡过头了，要是有人能叫我的话，我——”

“为什么？”科普问，“你多睡一会儿有什么关系吗？”

“哦，我是说，我——现在很晚了——”

“我们离盐湖城还有两小时车程，”科普说，“你睡觉是因为累了，当然应该多睡一会儿。”科普笑了笑。“你担心我也会扔下你吗？”

约翰逊很疑惑，但是他什么都没说。科普还在笑。又过了一会儿，他弯腰用沾满墨水的手指掏出钢笔在速写本上画起来。他头也不抬地说：“好像科普夫人已经准备好咖啡了。”

那天晚上，约翰逊把这件事记在日记上：

科普一上午都在画画，他画得很快也很好。我从其他人那里打听到不少关于他的事情。他从小就是个奇才，六岁就写出了第一篇论文，现在他已经发表了大约一千篇论文（我估计他三十六岁）。据说他在结婚前有过一桩绯闻，后来分手了。大概是因为伤心欲绝，他去了欧洲，在那里认识了很多当时的大科学家。他在柏林认识了马什，他们互相写信，看对方的手稿和摄影资料。他也曾考虑去研究蛇、鱼、爬行动物、两栖动物之类。斯滕伯格和学生们（除了莫顿）都很支持他。他是贵格会信徒，本质上是个爱好和平的人。戴着木头假牙，看起来很像真牙，我完全没看出来。总之从各个方面来看，他和马什都截然不同。马什很无聊，科普很聪明。马什总是计划周全，科普则随心所欲。马什神神秘秘的，科普很坦诚。总之，科普比起马什来说是个相当好的人。马什很孤僻，一点乐趣也没有，把队员们的生活弄得跟他自己一样乏味无趣。而科普则很有分寸，也比较克制，还很好说话。

不过约翰逊对科普的看法很快就改变了。

火车离开落基山，进入犹他领地内的盐湖城。

盐湖城建成才三十多年，城里的建筑物主要是砖木结构的房子，都精心排列成整齐的格子状，最大的一幢建筑是有着白色外观的摩门教礼拜堂。约翰逊在日记中这样描述："丑得令人窒息，美国其他地方再没有比它更丑的建筑了。"大部分人都是这个观点。同时代的记者查·诺德霍夫说摩门教礼拜堂"排列规整但奇丑无比"，还总结道："心情愉快的游客在盐湖城一天也待不住。"

尽管华盛顿称这里是犹他领地，是联邦的一部分，但其实犹他领地有着摩门教的神权体制，看那些宗教建筑的规模和重要程度就能明白了。科普的团队游览了神殿、十一屋和狮子屋。杨百翰为数众多的妻子就住在狮子屋。

科普和杨首领见了面，和这位长老见面时他把自己的妻子也带上了。约翰逊问他杨百翰长什么样子，科普回答："一个文雅的人，温和且精明。四十多年来摩门教徒被联邦其他各州驱赶迫害，现在他们有自己的领地了，又反过来威胁非摩门教的人。"他摇摇头。"你以为，经历过不公的人不会愿意将那种不公强加给别人，结果他们却很愿意报复他人。受害者成了加害者，真是令人恐惧的公正。这就是狂热的本质，能吸引信徒，激发他们极端的行为。所以任何狂热信徒都一个样，不管他们具体信的是什么。”

“你说摩门教徒都是狂热分子？”莫顿问。他是牧师的儿子。

“我是说，宗教让他们建立起领地，却没有消弭偏见，反而使之制度化，变得合理起来了。他们自认为比其他信仰的人优越。他们觉得只有他们自己选择了正确的道路。”

“我不明白你为什么这样说——”莫顿刚开了个头，其他人也参与进来了。莫顿和科普在宗教问题上各执己见，没多久他们的争论就变得很枯燥了。

“你为什么要去见杨百翰？”斯滕伯格问。

科普耸耸肩：“犹他领地目前没有化石挖掘点，不过有传闻说，东部靠近科罗拉多领地边境的位置有化石。为了将来考虑，和长老搞好关系总没错。”接着他又补充了一句：“去年马什和他见过面。”

第二天，科普夫人就乘坐太平洋联合铁路公司的列车回东部了，其他人则乘坐窄轨铁路火车去爱达荷领地的富兰克林市。“一个盐碱地平原上的城镇，”约翰逊写道，“没什么值得一提的东西，除了铁路和驿站马车，而这两样东西都可以让人尽快离开富兰克林市。”

在富兰克林市，他们正在买驿站马车的车票时，科普突然被治安官叫住。那人身材高大，但是眼睛很小。“你被逮捕了，”他抓住科普的胳膊说，“你被指控谋杀。”

“我杀了谁？”科普万分惊讶。

“你父亲，”治安官说，“在东部的时候。”

“太可笑了——我父亲去年就因为心脏病去世了，”尽管科普是贵格会信徒，他脾气却不好，约翰逊看得出来他正努力控制，“我全心全意地爱着我父亲——他善良又睿智，十分支持我为学术四处奔波。”他强忍着怒火说。

他这番话让每个人都迟疑了一下。所有人都跟着科普和治安官去了监狱，不过与他稍微保持着一段距离。事实证明，是联邦政府对他发出的逮捕令已经送到了爱达荷领地。另外一个事实是，联邦法警虽然就住在另一条街，但是他要等到9月才会返回富兰克林市。于是治安官说，科普可以在监狱里“歇歇脚”，等到9月再说。

科普抗议说他是美国知名古生物学家爱德华·德林克·科普教授。但治安官拿出一份电报，说古生物学家爱德华·德林克·科普教授是个被通缉的杀人犯。

“我知道是谁干的。”科普气愤地说。他的脸涨得紫红。

“教授，现在……”斯滕伯格说。

“我没事。”科普生硬地说。他转向治安官：“我要去发个电报，证明对我的指控不属实。”

治安官点了根烟：“很好。让你父亲给我回电，我就道歉。”

“这不行。”科普说。

“为什么？”

“我说过了，我父亲已经去世了。”

“你当我是傻子吗？”治安官一把揪住科普的领子，把他拖进牢房。科普飞快地回敬了他一连串拳打脚踢，把他打得趴在地上。科普还在不停地踢他，踢得他只能在地上打滚。斯滕伯格和艾萨克大声喊：“住手！教授！”“够了，教授！”“冷静点，教授！”

过了好一会儿，艾萨克才把科普拽开。斯滕伯格把治安官扶起来，拍了拍他身上的灰尘：“抱歉，教授脾气不好。”

“脾气不好？他就是个疯子！”

“嗯，他知道是马什教授给你发了电报，同时还贿赂你，让你逮捕他。你的行为有失公正，所以他才生气。”

“我不知道你在说什么。”治安官气急败坏，但是一点底气也没有。

斯滕伯格说：“你知道吗，教授每去一个地方，马什就会给他找麻烦。他们竞争多年了，两个人都知道是怎么回事。”

“你们都给我滚出市区！”治安官吼道，“听见没，滚！”

“求之不得。”斯滕伯格说。于是他们乘下一班马车走了。

离开富兰克林市之后，他们需要乘坐康科德公司的驿站马车行驶六百英里才能抵达蒙大拿的本顿堡。迄今为止，约翰逊没有乘坐过任何比火车车厢更辛苦的交通工具，他很期待乘坐驿站马车的浪漫之旅。不过斯滕伯格等人却更了解现实。

路途十分艰苦：每小时行进十英里，昼夜兼程，除了吃饭以外绝不停歇。而且饭菜贵得要命，每顿饭要花一美元，还很难吃。车子一停下来，大家就谈论印第安人的麻烦事，剥头皮什么的。就算约翰逊想吃驿站那些过期发霉的部队火腿、臭黄油和过期一周的老面包，听了那些话他也没胃口了。

荒原上的景色乏味，且一成不变，灰尘都是刺激的碱粒。无论是白天还是夜晚，遇到陡坡他们必须走上去。在不停颠簸的马车上是绝对无法睡觉的。而且他们的化学试剂泄漏了，因此可以这么说：“我们遭遇了一阵盐酸毛毛雨，雨滴落在大家的帽子上腐蚀出烟熏的图案，每个人都想出无数骂人的话。马车停下来，车夫帮我们把剩下的话骂完了。然后那个烦人的瓶子被放好，我们再次出发。”

除了他们这些人以外，车上只有一位乘客，就是彼得森太太。她是个年轻的女士，与一位在蒙大拿首府海伦娜服役的军官结了婚。彼得森太太对于和丈夫见面一事不是很热衷，她老是哭。她经常打开一封信，一边看一边擦眼泪，接着就把信收起来。等到马车终于到达海伦娜前一站的时候，她把那封信烧了，剩下的灰烬就扔在地上。到了海伦娜之后，她被四位举止严肃的军官接走了。他们护送她离去，彼得森太太则昂首挺胸地走在他们中间。

其他人看着她走远。

“他准是死了，”托德说，“肯定是这样的。他死了。”

到了驿站他们得知彼得森上尉被印第安人杀死了。有传闻说最近一支骑兵队伍被印第安人打败了。还有人说特里将军在保德里弗被人杀死。其他人，比如克鲁克将军等人在黄石河畔勉强逃过一劫，他被箭刺伤了身体，结果血液中毒了。

在海伦娜，人们劝他们回去，但是科普压根没想过要回去。“蠢话，”他说，“愚蠢的谣言。”于是他们爬上马车继续朝着本顿堡出发。

本顿堡位于密苏里河畔，在蒙大拿领地早期历史上，这里是捕猎者的聚集地。当年约翰·雅各布·阿斯特游说国会，阻止了成立保护水牛法案，因为保护水牛法案妨碍了他利润丰厚的皮毛生意。蒙大拿北部也是重要的皮毛产地，包括水獭皮、狼皮。但是现在皮毛生意已经不那么兴旺了，发展得快的镇子都在更远的南方，像比尤特和海伦娜这类有铜矿和金矿的地方。本顿堡有过好日子，并且希望东山再起。

他们的马车于1876年7月4日到达本顿堡。他们看到军营的栅栏大门关着，有种紧张的气氛。士兵们死气沉沉的，营地里降了半旗。科普去见了指挥官查尔斯·兰索姆上尉。

“怎么了？”科普问，“为什么降半旗？”

“第七骑兵团牺牲了，先生。”

“怎么回事？”科普问。

“卡斯特将军领导的第七骑兵团在上周被小比格霍恩的印第安人杀害了。三百多个士兵都死了。无人生还。”

本顿堡

乔治·阿姆斯特朗·卡斯特无论在生前还是死后都饱受争议。卡斯特一向有着各种强烈的情绪。在西点军校的时候，他以全班最后一名的成绩毕业，半年中被记过九十七次，只差三次就被开除了。在当学员期间，他树敌之多，足以令他苦恼一生。

但是很快这个捣蛋的军校生就展示出了出色的军事领导才能，他成了“阿波马托克斯[1]的奇迹小子”。他英俊、勇猛、气势十足，是西部声名远扬的反印第安斗士，他的名字被广泛争论。他是个十分谨慎的猎人，不管去哪里都带着猎犬，据说他照顾狗比对待他的士兵更上心。1867年，他命令自己的部队射杀逃兵。有五个人受了伤，但卡斯特拒绝为他们提供治疗，导致其中一人死亡。

1 阿波马托克斯为弗吉尼亚州中部城镇。

即使是在军队，这样做也很过分。1867年7月，他被逮捕并移交军事法庭处理，被判停职一年。但将军们很喜欢他，于是十个月后，在菲尔·谢里登的坚持下，他复职了。这一次他回到战场，在俄克拉何马沃希托河一带与印第安人战斗。

卡斯特率领第七骑兵团和黑壶的人战斗。他的作战方针很简单：杀死尽可能多的印第安人。谢尔曼将军亲口说过：今年我们杀得越多，明年要杀的就越少，我越是看着这些印第安人，就越觉得他们应该被赶尽杀绝，否则他们永远是一群叫花子。

那场战役十分惨烈。印第安人抓走白人妇女和小孩当人质，只有交了赎金的才被送回定居点。每当士兵进攻印第安人村落时，就有没交赎金的白人人质被当场杀死。当时的大环境原谅了这种虚张声势的英勇，总而言之，这就是卡斯特的标志。

卡斯特命令他的军队夜以继日地追击黑壶的部队，最终他杀死了酋长，并摧毁了那个村庄。这时候他才意识到周围村庄的印第安人集结起来发起了大规模反击，而他追得太深入，早已将自己的部队置于险境。他试图撤回军队，但还是丢下了十五人，他认为这些人已经死了。

随后，那场战斗惹来了纠缠不清的丑闻。东部媒体批评卡斯特对待黑壶的部落过于残忍，他们说黑壶不是坏人，而是军事行动失败的替罪羊。这些内容显然不属实。而军队方面批评卡斯特过于冒进，同时认为他抛弃战友的行为也过于草率。卡斯特无法给出一个令人满意的解释来说明他是在危急时刻才采取了行动，但是他有充分理由认为，自己只是做了军队希望他做的事情——像往常一样，勇猛追击印第安人。

他的形象——包括又长又卷的头发、猎犬、鹿皮衣服和暴躁的脾气，风评全都极差。同样，他写给东部报纸的文章得到的评价也很差。卡斯特对于自己的敌人颇有惺惺相惜的意思，他写到印第安人时语气恭敬，于是就有传闻说他在沃希托河战役之后和一个美丽的印第安女性生了一个孩子。

总之，种种争议持续不断。1874年，卡斯特带领一支队伍进入神圣的黑丘陵，他们在那里发现了黄金，此事导致了苏族战争的爆发。1876年春天，他去华盛顿为作战部部长贝尔纳普腐败案做证，这位部长从全国各地驻军的补给中收取回扣。有了卡斯特的证词，贝尔纳普一案也开始了诉讼流程，但是卡斯特不喜欢和政府机构打交道。官方要求他待在华盛顿，他却在3月份擅自离开，于是他被捕了。

现在他死了，此事成了美国历史上最令人震惊、最可耻的失败。

“是谁干的？”科普问。

“是坐牛。”兰索姆回答，“卡斯特没经过侦察就去袭击了坐牛的营地。坐牛有三千个战士，而卡斯特只带了三百人。”兰索姆上尉连连摇头。“其实卡斯特早晚都会被杀死。他太狂妄，对待自己的手下很苛刻。他没有‘意外地’被流弹从背后射中我才觉得奇怪呢，他那种人通常是这个下场吧。沃希托河战役的时候我跟他在一起，他冲进印第安人村落之后没法撤退了。当时全靠他运气好，一阵虚张声势才得以脱身。但运气总有用完的一天。总之这个结局是他自找的。苏族人恨他，想要杀他。总之现在会有一场血战了，全国群情激愤。”

科普说：“嗯，我们打算去朱迪斯的劣地[1]找化石。”

兰索姆万分震惊地看着他。“换成我的话，是绝不会去的。”他说。

“朱迪斯河盆地不太平吗？”

“倒也不是，先生。但是我们都不知道。”

“那为什么不去？”

“先生，印第安人现在情绪都很激动。坐牛的三千个战士就在南方某处，但我们不知道具体位置，我们猜想他们是要在冬天之前前往加拿大的避难所，那就意味着他们需要穿过朱迪斯盆地。”

“没关系，”科普说，“我们只在那里待几周，原因刚才已经告

1 指暂时性水流强烈冲刷切割而导致的冲沟分支繁多、错杂零乱的地貌。常见于较干旱地区。

诉你了。坐牛这时候不在朱迪斯盆地。”

“先生，”兰索姆说，“朱迪斯河是苏族和克劳人共同的狩猎场。克劳人眼下虽然很平静，但是他们一看到你们就会大开杀戒，因为他们可以污蔑是苏族人杀死了你们。”

“不会的，”科普说，“我们肯定要去。”

“我没法阻止你们，”兰索姆说，“华盛顿的人绝对不会想去朱迪斯河一带。去了无异于自杀，先生。如果是我的话，我必定要带上五百人的训练有素的骑兵部队才去。”

“谢谢你关心，”科普说，“你已经尽到提醒的义务了。不过我离开费城的目的就是去朱迪斯河一带，现在距离目的地只有不到一百英里了，我绝不会返回。你能推荐一位向导吗？”

兰索姆回答：“当然了。”

过了还不到二十四小时，向导便莫名其妙地不见了，马也是，补给也没了，科普希望在本顿堡获取的一切物品都没有了。不过他并没有被吓退。他不断加价，付了很多钱，最终总算有了补给物资。

这是大家首次见识到科普教授的坚定意志。任何事情也不能阻挡他。一辆破马车对方要价一百八十美元，简直贵得离谱，但科普照价给了。接下来四匹辕马和四匹带鞍辔的马驹就更贵了。斯滕伯格说它们“简直是精心挑选的四匹最差的马驹”。食物方面他们只买到了豆子、米和便宜的红狗威士忌。科普把能买的都买了。他最终为那些东拼西凑的装备付了九百美元，却没有丝毫抱怨。他一心关注着自己的目的——朱迪斯盆地的化石。

最终在7月6日，兰索姆让他进入部队营地。到处都是一片忙碌准备的景象。兰索姆对科普说，他从华盛顿的作战部收到了指令，“任何公民都不得进入蒙大拿领地、怀俄明领地或达科他领地的印第安争议地带”。

兰索姆把电报放在一边，礼貌地说：“很抱歉，我必须阻止你的计划了，先生。”

“当然，你要完成你的职责。”科普的回答也很礼貌。

他回到考察队时，大家已经听到了消息。

“我们可能必须回去了吧。”斯滕伯格说。

“不急，”科普心情愉快地说，“我挺喜欢本顿堡的，我觉得最好再待几天。”

“你喜欢本顿堡？”

“是的，这里既舒适又亲切。各种物资还很齐全。”科普笑着说。

7月8日，本顿堡的骑兵队出发和苏族人作战。队伍出发时，乐队演奏着《那个留在家乡的女孩》。又过了一会儿，一支截然不同的队伍悄悄出发了。约翰逊在日记中写道，这支队伍“完全是七拼八凑起来的”。

骑马走在队伍最前面的是爱德华·德林克·科普，美国著名古生物学家兼百万富翁。他左边的是查理·斯滕伯格（“查理”是“查尔斯”的昵称），后者不时俯身揉揉自己僵硬的腿。

骑马走在科普右边的是“小风”利特尔·温德，他是肖肖尼族的侦察兵，也是此次的向导。小风对自己的职责十分自豪，他使科普确信自己对朱迪斯河一带了如指掌。

他们三个的身后是J. C. 艾萨克，他随时监视小风。艾萨克旁边是科普的三个学生利安德·戴维斯、哈罗德·查普曼、乔治·莫顿，还有约翰逊。

队伍最后是四匹犟脾气的马拉着的马车，驾驶马车的是车夫兼厨师“军士”T. 希尔·拉塞尔。此人很胖，有些饱经风霜的样子，因为他腰围很大，所以科普觉得他应该会做饭。车夫希尔身材高大，干活的时候脏话不断。他的绰号也特别多，简直数不清，其中包括厨子、牛粪、斜眼、臭佬，等等。希尔话不多，但这些内容都是他最常说的。

比如说，学生们问他为什么会被起厨子、臭佬之类的绰号时，他毫无疑问会回答："你们一会儿就知道了。"

每次遇到障碍的时候，不管是多小的障碍，希尔都会说："不行了，不行了。"

在队伍的末尾，骡子贝茜被拴在马车后面，它负责扛约翰逊的摄影器材。贝茜由约翰逊照顾，但约翰逊却一天比一天讨厌贝茜。

他们出发一小时后就出了本顿堡，现在正孤独地置身于莽莽平原上。

PART

2

失落的世界

荒野之夜

第一天晚上，他们在朱迪斯河畔一个叫克拉格特的地方露营。那里有个贸易点，四周围着栅栏。但是那儿最近已经被废弃了。

希尔做了第一顿晚饭，虽然有些难以消化，但还能接受。他用干牛粪做燃料，这倒是解释了牛粪和臭佬的绰号是怎么来的。晚饭后，希尔把食物挂在树上。

“为什么要挂在树上？”约翰逊问。

“免得食物被灰熊抢走。”希尔说，“去睡觉吧。”

希尔把四周的地面用力踩踏一番，然后躺在垫子上。

“这又是在干什么？”约翰逊又问。

“把蛇洞堵住，”希尔说，“这样响尾蛇就不会在夜里爬进你的毯子里了。”

“你吓唬我的吧。”约翰逊说。

“没有，”希尔回答，“你随便问谁他都会这么说。夜里冷，蛇都喜欢暖和的地方，所以它们夜里会爬到你身上，缠上你的大腿。”

斯滕伯格正在铺垫子，约翰逊找到他，问：“你不踩踩地面吗？”

“不用。”斯滕伯格回答，“这地方挺平整的，应该不会很硌人。”

“那响尾蛇会爬进毯子里吗？”

“不用担心。”斯滕伯格说。

“不用担心？”约翰逊立刻警觉起来。

“我不害怕那种事。”斯滕伯格说，“早上你醒来的时候慢点起身，看一下有没有东西爬进来。蛇自己就会爬走，第二天早上再来。”

约翰逊耸耸肩。

尽管整个白天都没有看到人烟，但是艾萨克却坚信他们正受到印第安人的威胁。他嘀咕道：“跟印第安人在一起时，你自以为很安全，但其实根本不是这样。”艾萨克坚持要大家轮流守夜，大家不情愿地同意了，他自己守天亮前的最后一班。

这是约翰逊第一次直接睡在野外，他完全睡不着。关于响尾蛇和灰熊的想法更是让他彻夜难眠，旁边还有各种声响——风吹过草叶的声音，黑暗中猫头鹰的叫声，远处郊狼的嗥叫。他盯着天空中的千万颗星，静静听着。

每次守夜换班，他都会醒，早上四点钟的时候他看到艾萨克替换了斯滕伯格。最终他还是睡着了，当他睡得正香的时候，一串爆炸声突然将他惊醒。艾萨克一边用左轮手枪射击，一边大喊："站住！站住！我说，站住！"

大家都跳了起来。艾萨克指着草原东边："那里有东西！看见没有，那里有东西！"

其他人什么都没看见。

"那里有个人，我没看错，一个人站在那边！"

"哪里？"

"那边！那个方向！"

大家盯着草原尽头的地平线，但是什么也没看见。

厨子连番念叨起来："他胆小，脑子也不正常——不管我们到哪儿，他随时都能看到印第安人躲在草丛里。我们一刻都睡不安稳。"

科普冷静地说他会继续守夜，然后让其他人都去睡了。

还要过好几周，大家才意识到艾萨克是对的。

如果说臭佬的食物和艾萨克的守夜一无是处的话，小风的侦察水平也好不到哪儿去。这位肖肖尼部落的勇士第二天就害他们迷路了。

出发两小时后，他们在平原上看到了一块新鲜的马粪。

“印第安人！”艾萨克慌了。

希尔非常嫌弃地哼了一声。“知道这是什么吗？”他说，“是我们的马拉的屎。”

“不可能。”

“怎么不可能？看见旁边的车辙印了吗？”他指指旁边淡淡的印记，野草被压了下去，“要不要我把车轮子拿去比一比？我跟你说，我们迷路了。”

科普来到小风身边：“我们迷路了吗？”

“没有。”小风说。

“哼，你指望他说什么？”希尔很不高兴，“哪有印第安人承认自己迷路的。”

“我听说印第安人从不会迷路。”斯滕伯格说。

“嗯，现在就有个例外。”希尔回答。

“你们记着我的话，不管怎么样，他之前肯定没去过那地方。另外，不管他说什么，他肯定迷路了。”

对约翰逊而言，这段话令人恐怖莫名。他们一整天都在这片弧形的天幕下骑行，穿过一成不变的原野，除了偶尔出现的一棵孤树以外没有任何路标，也没有沿溪流生长的杨树。这就是一片真正的“草海”，它像海一样抹去一切痕迹，而且广阔无边。他终于明白，为什么大家能够脱口而出西部的那几样路标了——庞贝石柱、双峰、黄色悬崖。这些地标是广阔草海中的岛屿，记住它们的特征是为了活命。

约翰逊来到托德身边：“我们真的迷路了吗？”

托德摇头：“印第安人生长在这里，他们辨识土地的方法我们永远想象不到。我们没有迷路。”

“哼，我们在往南走，”希尔看着太阳抱怨，“为什么要往南走？大家都知道朱迪斯河在东边，谁能跟我解释一下？”

接下来的两小时格外紧张，他们最终找到了一条向东的旧马车车道。小风指着马车车道说：“这是通往朱迪斯河的路。”

“这便是问题所在，”托德说，“他并不习惯跟随马车队出行，但现在他得找到一条适合马车走的路。”

希尔却说：“真正的问题在于，他不熟悉这片地方。”

“他知道怎么走，”斯滕伯格说，“我们现在是在印第安人的狩猎地带了。”

大家默不作声地继续前行。

平原事故

在那个炎热寂静的午后，约翰逊骑马走在科普旁边，两个人平静地聊着天，忽然约翰逊的帽子被吹掉了。然而这时候并没有风。

片刻后，他们听到了步枪的枪声，接着又是一声。

有人在朝他们射击。

“趴下！”科普大喊，“趴下！”

大家纷纷下马，爬到马车下面躲避。他们看见远处有一团打着转的棕色烟尘。

“天哪，”艾萨克小声说，“印第安人。”

远处那团灰尘渐渐逼近，一群骑手的身影逐渐清晰。子弹不断地从空中划过，马车的篷布被打烂了，子弹打坏了罐子和锅。贝茜警惕地嘶叫起来。

“我们完蛋了。”莫顿哀叹。

“我们马上就会听见射箭的声音。”艾萨克说，“然后他们再靠近些就会用战斧——”

“闭嘴！”科普说，他一直紧盯着那团灰尘，“他们不是印第安人。”

“该死，你居然比我想的还要蠢！他们不是印第安人还能是——”

艾萨克不说话了。那团尘土已经近在眼前，能让他们分辨出每个骑马的人了。他们穿着蓝色外套。

“依然有可能是印第安人，”艾萨克说，“只不过是穿着卡斯特部队的衣服发起奇袭。”

“真是这样也不奇怪。”小风眯起眼睛看着地平线。“不是印第安人。”然后他说，“马上有鞍。”

“该死的！”厨子喊起来，“是军队！我们的人穿着蓝衣服！”他跳起来挥舞着双手高喊。一阵密集的子弹逼得他不得不再次躲到马车底下。

那群骑马的士兵围住马车，像印第安人那样叫喊，还往空中开枪。最后他们总算安静下来，一个年轻的军官让马站定，他的马打了个响鼻。他握着左轮手枪瞄准马车底下的人。

“出来，胆小鬼！出来！不然我绝对把你们全部杀死，一个不留。”

科普爬出来，气得脸色发紫。他握着拳头说：“我想知道为什么追击我们。”

“你清楚得很，你这个混账。”军官说着朝科普开了两枪，不过他的马动了动，害他没打中。

一个士兵说：“等一下，上尉。”这时候科普的队员全都从马车下爬出来了，大家顺着车轮站成一排。“他们不像是走私军火的。”

“不是才怪了！”军官说。大家都看得出他喝醉了，口齿不清，人坐在马鞍上摇摇晃晃。“只有走私军火的人才会来这片地区。他们要把武器卖给印第安人，上周那些野蛮人打死了我们六百个兄弟。就是你们这种混账东西——”

科普上前一步说：“我们是来进行科学考察的，本顿堡的兰索姆上尉完全知晓，并授权我们通行。”

“呸！”军官对着空中开了一枪算是加强语气。

“我是费城来的科普教授，是古生物学家，还——”

“瞎他妈扯！”军官说。

科普气坏了，一步跳上前。斯滕伯格和艾萨克赶紧拦住他。“等等，教授，控制一下，教授！”斯滕伯格大喊，科普则奋力挣扎：“我要收拾他，收拾他！”

在接踵而至的混乱中，军官的脸涨得更红了，他在马上坐直身体：“教训教训他们！教训他们！”

“上尉——”

“我说了，教训他们！”一阵枪响，“我是说，给他们点颜色看看！”

又是一阵枪响。托德倒地抽搐起来：“我中枪了！我中枪了！”大家去看他的伤势，只见血从他的指间流出。一个士兵拿着火把上前。马车上的篷布立刻烧了起来。

大家赶紧扑灭了猛烈的火势。这群骑兵围着他们转圈，上尉喊道：“让他们知道厉害！让他们狠狠地吃点苦头！”

随后他们一边开枪，一边骑马离开了。

科普的日记中简单地记录了这一段：

今天遭遇了首次袭击，对方是美国骑兵队伍。火被顺利扑灭，损失降至最低，但是马车没有了车篷，两顶帐篷也被烧毁。一匹马中枪死了。一个学生手上受了伤。感谢上帝，伤势不重。

晚上下雨了。暴雨和雷电天气一直持续到了第二天，甚至到夜里也没有停歇。大家瑟瑟发抖地躲在马车底下，尽管努力想要睡着，但是耀眼的闪电不断照亮他们焦虑的脸庞。

之后的一天依然在下雨。小路成了泥潭，车子陷进泥里。他们被淋得透湿，拼尽全力也只是走了两英里。而这天下午，太阳突然出来了，天气变得暖和了。他们感觉好多了，爬上一座缓坡之后，他们看到了西部的壮丽美景。

庞大的水牛群一直延伸到视野尽头，黑压压的庞大身躯排列在黄绿色的草原上。这些动物看起来无比平静，只是偶尔打个喷嚏或叫几声。

科普估计这群水牛至少有两百万头。“看见水牛很幸运，”他说，“再过一两年，这样的水牛群恐怕就再也见不到了。”

艾萨克很紧张。“有水牛的地方就有印第安人。”他说。接着他坚持要求大家在高处过夜。那些水牛对人类的到来不理不睬，约翰逊觉得很惊奇。斯滕伯格甚至杀了一头羚羊当晚餐，而它们也丝毫不在乎。约翰逊很快想起厨子对科普说的话：“今晚要把马车绳子解开吗？”斯普看了看天，想了想后回答：“今晚还是不用了。”

与此同时，那头羚羊被开膛破肚，然而它的肉里头长满了寄生虫。厨子说他吃过比这还差劲的东西，然而其他人还是决定吃饼干和豆子。约翰逊记录道：“我简直恶心死豆子了，然而还要吃六周。”

但这也不算最坏。他们吃完之后坐在帐篷边突出的岩石上，看着牛群被夕阳染成红色。之后，在月光中，那些笨重的身影和远远传来的喷嚏声，形成了一幕“伟大的力量在我们眼前延伸的神奇景象。我带着这样的想法回去好好睡了一觉”。

午夜时分，闪电划过夜空，大雨又下了起来。

大家一边抱怨，一边咒骂，拖着寝具钻到马车下面。然而几乎就在片刻之后，雨又停了。

于是他们又回到外面的地上打算再睡一觉。“他妈的，”莫顿嗅了嗅周围，“这是什么味道？”

“你躺在马粪上了。”托德说。

“天哪，还真是！”

大家取笑了莫顿一番。此时还能听见低沉的雷声。科普突然冲过来，绕着马车用力踢他们。“起来！起来！你们疯了吗？都起来！”

约翰逊一看，斯滕伯格和艾萨克正忙着收拾露营物品，同时把它们全都装上马车。就在他们忙着爬起来的时候，马车开动了，厨子和小风在大喊大叫。

约翰逊跑到科普旁边。他的头发被雨水打湿了，眼神非常恐慌。月亮在酝酿着暴风雨的云层中若隐若现。

四周是隆隆的雷声，约翰逊不得不大声问：“怎么了？我们为什么要走？”

科普暴躁地把他推到另一边："躲到石头背面！躲到石头背面！"艾萨克已经把车子赶到石头旁了，厨子正在牵马，马又是喷鼻子，又是挣扎，不肯配合。学生们大眼瞪小眼，不知道发生了什么。

约翰逊忽然意识到，他们听见的不是雷声，而是水牛在跑动的声音。

牛群被闪电吓到了，它们像一条由健壮的肌肉汇成的河流，从人们身边重重地跑过，把两侧的石块踢得四处横飞。它们溅起大量的泥土，在约翰逊看来，这是种别样的震撼："泥巴沾在我们的衣服、头发和脸上，越沾越多，我们都变成了泥人。最终我们都被泥土压得弯下身去。"

他们其实什么都看不清楚，只能听见雷鸣般的奔跑声，以及呼气和喷嚏的声音，此外就是大片黑影接连不断地从他们身边跑过。整个过程仿佛永无止境。

实际上，水牛从他们身边跑过的时间大概持续了两小时。

约翰逊总算清醒了过来，他全身僵硬、疼痛，眼睛也睁不开。他摸了摸自己的脸，上面糊满了泥巴。他把泥剥掉了。

"我忽然被一种极端的忧伤情绪攫住了。"他后来回忆说，"仿佛一阵飓风或者旋风突然击中了我。当时目之所及处只有泥巴，我们这群倒霉蛋只能勉强踢掉泥巴。我们的露营装备被岩石保护着，没有损坏，但别的东西都没了。两顶帐篷被彻底踩进泥里，只能等到明天早上再整理，罐子、锅被起码上千头水牛踩得乱七八糟的。一件黄色的衬衣成了破烂，一支卡宾枪被踩弯，不能用了。”

大家都有些沮丧，尤其是乔治·莫顿，他好像受了不小的刺激。厨子吵着要回去，但是科普不为所动。“我不是来随便挖点泥巴就算了的。”他说，“我要发掘史前的遗骸。”

“对。”厨子说，“你去得了就挖吧。”

“去得了的。”他命令大家收拾东西离开。

小风特别低落。他对科普说了几句话，随后骑马往北方去了。

“他要去哪儿？”乔治·莫顿警觉地问。

“他不相信水牛是被闪电惊吓的。”科普说，“他说水牛不会那样。”

“在怀俄明的时候我听说它们会受惊吓。”艾萨克说，“水牛又傻又多疑。”

“还能是什么原因呢？”莫顿依然很警觉，“他在想什么啊？”

“他觉得他在水牛跑起来之前听见了枪响。他现在去看看。”

“他是要和印第安同伙见面，”艾萨克小声说，“跟他们说这里有漂亮的白人脑袋。”

“太荒谬了，”莫顿有些不讲理，“我觉得我们不该再管这事了，别去追了。”

大概是兽群跑过的经历把他吓坏了，约翰逊心想。他看着莫顿在泥巴里翻来翻去，找自己的画册。

小风去了一小时就急急忙忙地跑回来了。

“一个营地，”他指着北边说，“两个人，两三匹马，一把枪，没有帐篷，但有很多步枪的弹壳。”他摊开手，一把黄铜弹壳在阳光下闪闪发光。

“啊，我的天！”斯滕伯格说。

“一定是马什的人。”科普阴郁地说。

“你看见他们了吗？”莫顿问。

小风摇头：“他们已经离开好几小时了。”

“他们走的是哪条路？”

小风指指东边。他们也要走那边。

“我们会再次遇到他们的，”科普双手握成拳头，“好极了。”

劣 地

朱迪斯河是密苏里河的一条分支。密苏里河发源于小贝尔特山，它和众多支流共同形成了复杂的水域。

“河里有绝好的鳟鱼，”厨子说，“嗯，我并不是说我们就要去钓鱼。”

朱迪斯河盆地包括一大片遍布岩石的劣地，看上去形状十分怪异，有些像恶魔，有些像龙。这地方就像滴水兽[1]的老巢，托德说。

托德的手臂现在红肿得厉害，他老是喊疼。斯滕伯格私下说，他觉得托德应该回本顿堡去，部队的医生能用威士忌和骨锯治好他的手臂。但是没有人对托德这么说过。

朱迪斯劣地的乱石多不胜数，巨大的悬崖足有数百英尺高——科

1　即雨漏，经过装饰的排除建筑物雨水的部件，常以动物或鬼怪模样出现。

普把这种悬崖叫作“突起”——有些地方高达一千英尺。劣地中还有成片的粉色和黑色岩石，让这个地区有种孤寂、荒凉的美。但它毕竟是一片荒地，四周没有水源，土地都是盐碱地，是有毒的。“很难相信这里曾经是一片内陆湖，旁边全是沼泽。”科普盯着一块风化的石头说。他总是能够比学生们看得更多。斯滕伯格也一样。这位化石猎人长期在平原上行动，眼光十分敏锐，他总能发现猎物和水。

“这里有足够的水。”他说，“水不是问题，灰尘才是大问题。”

空气中充满了碱性尘土，给人带来刺痛感，但是大家没怎么提。他们的当务之急是在发掘地附近找到合适的扎营点，这不是个轻松的任务。马车在这一带行驶很困难，有时候甚至很危险，而且地上完全没有车辙印。

他们也很担心印第安人，因为周围到处都是印第安人留下的痕迹：马蹄印、篝火的痕迹，有时候还会碰到羚羊残骸。有些篝火堆看起来还很新，但斯滕伯格表现得毫不在意。就算是苏族人也不可能在荒原上停留太久。“只有脑子不正常的白人才会整个夏天都待在这里。”他笑着说，“只有脑子不正常，还有钱的白人才会在这里度假！”他说着拍了拍约翰逊的后背。

整整两天时间，他们不是推着马车上山，就是下山的时候拽住马车。科普终于宣布他们到达了满意的发掘场地，接下来就可以找个合适的地方扎营了。斯滕伯格建议把营地安在旁边的小土丘顶上，于是他们最后一次把马车推上山，大家被车轮掀起的灰尘呛得直咳嗽。托德手臂肿了帮不上忙，他在一旁问："你们闻到烧焦的味道没有？"大家都没闻到。

他们到了土丘顶上，瞭望整个平原，发现了一条小河，河边还长着杨树。很远的地方有一些圆锥形的帐篷，每个帐篷旁都冒出一缕青烟。

"我的天！"斯滕伯格迅速地数了数帐篷的数量。

"有多少？"艾萨克问。

"我觉得有超过一千顶帐篷，我的天哪！"斯滕伯格回答。

"我们死定了。"艾萨克说。

厨子希尔坐在地上说："恐怕是的。"

斯滕伯格却另有看法。重点在于那些印第安人属于哪个部落。如果他们是苏族，艾萨克就说对了——他们绝对死定了。但是苏族应该在更南的地方才对。

"谁管他们本来该在哪里啊？"厨子说，"他们现在就在这里，我们也在这里。是小风那个奸细把我们领——"

“行了。干自己的事，”科普说，“搭帐篷，别太紧张。”

“你先来，教授。”厨子说。

要不紧张是很困难的，毕竟有一千多顶印第安人的帐篷就在平原那头，他们还有训练有素的士兵、枪和马。考察队的人已经暴露了，因为那边有几个印第安人在朝他们指指点点。

正当他们把炊具从马车上卸下来，准备生火过夜的时候，一队骑着马的人穿过河流来到他们的营地。

“他们来了，各位。”厨子小声说。

约翰逊数了数，共有十二个人。他一边听着马匹跑近，心脏一边狂跳。那些都是技艺精湛的骑手，他们轻松地飞驰着，身后留下一串烟尘。靠近营地时，他们开始野蛮地叫喊起来。

“那是我第一次遇到印第安人，”约翰逊事后回忆，“我当时既好奇又害怕。我承认看到他们掀起的尘土，听见他们的号叫，我怕得不行。我大概是第一千次在旅行过程中后悔自己轻率地打了那个赌。”

印第安人来到了营地，围着他们的马车绕圈，不停地大喊大叫。他们知道这些白人很害怕，他们喜欢吓唬对方。最后他们停下来，领头的人说：“霍瓦，霍瓦。”他声音低沉地说了好几次。

约翰逊小声问斯滕伯格：“他说的是什么？”

“他说的是‘怎么样’。”

“什么意思？”

“意思是‘我同意，一切正常，我心怀善意’。”

约翰逊现在可以清楚地看到那些印第安人。就像很多首次见到印第安人的人一样，他惊讶地发现这些人十分英俊，他们“身材高大，肌肉发达，面部轮廓很好看，有种天生的高雅和骄傲的气质，他们的身体，还有身上穿着的鹿皮衣服都非常干净”。

那些印第安人都没有笑，不过看起来似乎确实是友善的。他们都说了“霍瓦”，然后打量着这个营地。双方尴尬地沉默了一会儿。艾萨克懂一些印第安人的语言，他试着表示欢迎。

印第安人的脸色立刻阴沉下来。他们掉转马头离开了，消失在碱性灰尘的烟雾中。

斯滕伯格说：“你个天杀的傻子，你说什么了？”

“我说：‘欢迎各位，希望你们在人生旅途中成功且幸福。’”

“你用哪种话说的？”

“曼丹语。”

“你个天杀的蠢货，苏族人说曼丹语。刚才那些是克劳人！”

经过了这么多天在荒原上的旅程，就连约翰逊也知道苏族人和克劳人有世仇。他们之间的仇恨根深蒂固，十分复杂，而且最近几年克劳人联合白人士兵打击苏族人，这一仇恨就更深了。

艾萨克表示抗议，说："可是我只懂曼丹语，我就说了。"

"你个蠢到家的东西，"斯滕伯格还在骂他，"现在我们真的有大麻烦了。"

"我还以为克劳人从来不杀白人。"莫顿舔舔嘴唇。

"克劳人自己是这么说，"斯滕伯格回答，"但他们经常夸大其词。好了，孩子们，我们有大麻烦了。"

科普以一贯的坦率态度说："那我们就去部落那边把事情解释清楚。"

"吃完最后的晚餐去？"厨子问。

"不，"科普说，"现在就去。"

印第安村落

当地土著人在北美西部平原上狩猎已经超过一万年了。他们目睹了冰川消融、陆地变暖，他们亲历了（说不定还加快了）乳齿象、河马和凶猛的剑齿虎的灭绝。当这片大陆还覆盖着茂密森林的时候，他们就在此狩猎了，而现在这里已经成了一片草海。经历成千上万年时光，气候和猎物不断变化，印第安人依然是这片广袤土地上流浪的猎手。

在19世纪，大平原印第安人过着多姿多彩、富有戏剧性的生活，他们十分神秘而且好战。外人一看到他们，就被深深地吸引住了，和北美其他的印第安人相比，大平原印第安人占据了人们的想象。他们古老的传统、复杂的社会结构以及日常生活方式都备受自由派思想人士推崇。

然而实际情况是，大平原印第安人的社会存在的时间没那么长，基本和威胁他们生存的白人国家的历史差不多。大平原印第安人是以马匹为中心构建起来的流动狩猎社会，和亚洲的蒙古人类似。但是实际上，在三百多年前的西班牙人入侵前，美洲是没有马的。马匹非常深刻地改变了大平原印第安人的社会。

他们的传统部落结构和部落纷争也没有大众想象的那么历史悠久。大部分权威人士认为，克劳人其实曾经是苏族的一个分支，生活在如今的艾奥瓦州，他们向西迁徙到了蒙大拿，独立发展并最终和原本的部族为敌，成了苏族不可小觑的对手。有一位学者写过："苏族人和克劳人在服装、礼仪、习惯、语言、风俗、举止、价值观等方面几乎一样。这样的相似性本来应该是友谊的基础，但是在苏族人和克劳人之间却只加深了仇恨。"

现在他们骑马前去拜访克劳人。

人们对印第安人村落的第一印象往往充满矛盾。威尔士记者兼探险家亨利·莫顿·斯坦利于1871年在非洲找到过戴维·利文斯通博士，当时还名噪一时。斯坦利曾和卡斯特进入过黑壶的村落，他觉得那里很脏，"真的非常肮脏，脏得不可言喻"。帐篷里的衣服都堆在地上，而且上面爬满寄生虫。排泄物的气味如同化学袭击。

还有人第一次去印第安人部落时，看到他们围着火堆烤狗肉或者啃带血的牛排，被吓得不轻。然而那天晚上约翰逊来到克劳人的村子时，看到的景象与其说是揭示了克劳人的生活，不如说是揭示了约翰逊的内心。

他这样写道：

有人想象流浪的印第安人有着自由的精神，过着自由的生活，然而他们在见到了印第安人的居住地之后一定会大受打击。大平原印第安人过着战士一般的生活，他们的管理十分严格。帐篷都是依统一样式用鹿皮做成的，有统一的图案，且按照规定整齐排列。帐篷内诸如毯子、皮囊之类的东西如何排列也有规定。衣服、袍子、帐篷该如何装饰也有规定。生火和做饭也有规定，作为印第安人每时每刻的行为乃至一生的行为都有规定，战争有规定，和平也有规定，打猎有规定，去打猎之前的事情也有规定。所有这些规定带来刻板严肃的印象，让外来者不得不注意到，这是个战士的部落。

他们在村落外下马，慢慢地走进去。到处都有人好奇地看着他们，本来嬉笑的孩子也安静地看着这些陌生人经过。烹煮野味的气味和晾晒皮革的味道刺激着他们的鼻子。稍远处一个比较大胆的年轻人走上前来比画了一些复杂的手势。

“他在做什么？”约翰逊小声问。

“手语。”托德一只手托着肿胀的胳膊。

“你能看懂？”

“不懂。”托德回答。

不过小风懂，他用克劳人的语言和那个年轻人对话。那个人带他们去了村子深处一个大帐篷所在的位置，那儿有五个战士坐在火堆旁，围成半圆形。

“这些是酋长。”托德小声说。其中一个人比画了一下，这几个白人便坐到对面，也围成半圆形。

约翰逊写道：

然后，我这辈子经历过的最拖沓的谈判开始了。这些印第安人很健谈，根本就不着急。他们对白人很好奇，说起场面话来既正式又复杂，而且特别没有时间观念。这样一来，一个相互介绍似的会面几乎花了一整晚的时间。讨论的内容包括：我们是谁（姓甚名谁，甚至姓名的含义）；我们从哪里来（城市以及城市名字的含义，我们走的是什么路线，为什么选择那样的路线，旅途中发生了什么事情）；我们为什么来这里（我们为什么对骨头感兴趣，我们计划如何发掘骨头以及发掘出来之后怎么处理）；我们穿的衣服是什么，为什么穿这样的衣服，这些戒指、小装饰、皮带扣有什么含义，等等等等，没完没了的问题。

这场谈话仿佛永无止境，部分原因大概是几位白人有些紧张。斯滕伯格注意到“他们其实并不在意我们的回答”。接着他们发现，这些克劳人知道科普，有人告诉他们科普对印第安人很不友好，还说科普杀了自己的父亲，并且建议克劳人杀掉科普。

科普非常气愤，但是他努力克制自己。他微笑着对其他人说：“你们看见没有？那个不要脸的浑蛋将这些诡计传得尽人皆知。我诽谤过马什吗？我抓住一切机会打乱他的行程了吗？我嫉妒他吗？我问你们。我问你们！”

酋长们看出来科普很生气，小风跟他们说那些事情都不属实。

但是印第安人却认为那些事情都准确无误：关于科普的传闻都准确无误。

关于他的事情是谁说的？小风问。

红云代理处。

红云代理处是苏族的代理机构。

是的。

苏族是你们的敌人。

是的。

你们为什么要相信敌人说的话？

于是对话就这样一小时又一小时地拖延下去。为了控制自己的脾气，科普开始画画。他画了酋长，由于画得很像，酋长很感兴趣，就问他要那幅画，科普给他了。接着酋长又想要他的钢笔，科普拒绝了。

“教授，”斯滕伯格说，“你最好还是把钢笔给他吧。”

“我才不做这种事。”

“教授……”

“好吧。”科普把钢笔递给酋长。

天快要亮了，话题从科普转向托德。接着又来了一个新的酋长。他皮肤苍白，身材瘦削，眼神有些疯狂。他的名字叫白鹿。白鹿看了看托德，小声说了几句话就离开了。

别的印第安人说他们希望托德留在这里，其他人可以离开。

科普表示拒绝。

托德却说：“没问题。我就当人质吧。”

“他们可能杀了你。”

“要是他们杀了我的话，不久之后肯定会连你们也一起杀掉。”托德说。

最终托德留下，其他人离开。

黎明时分，他们从自己的营地眺望印第安人的营地。那些勇士开始高声叫喊，骑马绕圈子，他们又生了一堆很大的火。

艾萨克说：“可怜的托德。印第安人肯定会折磨他的。”

科普透过望远镜看向印第安人的营地，但烟雾遮蔽了一切。他们开始齐声唱歌，一直唱到九点，歌声戛然而止。

一群印第安勇士骑马来到考察队的营地，托德单独骑着一匹马。他们朝科普走去，科普此时正用一个锡皮碗洗自己的假牙。那些印第安人见到这一幕，都坚持要求科普把这些牙齿放进嘴里再取出来给他们看看。托德还骑在马上没人管。

科普表演了好几次戴假牙、取假牙，他一脸愉快地微笑着。与他的笑容形成鲜明对比的是空缺的牙齿留下的黑洞。那些印第安人十分满意地离开了。

托德十分茫然地看着他们离开。

“那个叫白鹿的头领给我的手施了魔法，把我治好了。”他说。

“疼吗？”

“不疼，他们就是朝我挥舞羽毛，然后唱歌。不过我还吃了些很难吃的东西。”

“什么东西？”

“我不知道，反正很难吃。我现在觉得很累。”他爬到马车下面蜷成一团，然后睡了十二小时。

第二天早上托德的手臂真的好多了。过了三天他就痊愈了。每天早上印第安人都会来看看科普。他们专门来看科普的神奇牙齿以及他洗牙的过程。印第安人经常在考察队的营地周围转悠，但是绝不拿走任何东西。他们对这些白人的日常工作——找骨头，感到很好奇。

埋骨之地

前期的问题解决之后，科普迫切希望尽快开始工作。学生们发现他站在早上的寒风中，望着营地前晨曦笼罩的山崖。他突然跳起来说：“过来，过来。快点，现在是最佳时间。”

“什么最佳时间？”大家惊讶地问。

“你们马上就知道了。”他把学生们带到距离营地最近的一处山崖断面，“看到了吗？”

大家使劲看，却只看到裸露的岩石。大部分岩石都是灰色的，其中夹杂的粉色和黑色纹路在早晨昏暗的阳光中十分醒目。大家看到的只有这些。

“没看见骨头？”科普问。

大家根据他的提示眯起眼睛更加认真地看。托德指着上面：“是上面那些吗？”

科普摇头："那些只是裸露的岩石。"

莫顿指向另一处："高处的那边是吗？"

科普摇头："太高了，别管那边。"

约翰逊碰运气地说了一句："那个呢？"

科普笑了笑："死了的灌木蒿。嗯，你们什么都看见了，就是没看到骨头。看山崖的中间，这种高度的山崖，白垩纪层通常在中间——如果是比较低的山崖，白垩纪层会在顶部。至于这一个，这一个是在中间——就在粉色的条纹带下方。现在沿着粉色条纹，你们会看到较为粗糙的部分，看见了吗？那块椭圆形的？那就是化石。"

他们仔细看，然后发现化石在阳光下看起来和岩石截然不同，骨头圆形的轮廓和尖锐的岩层有明显的区别，颜色也完全不一样。一旦指明了方向，事情就简单了：他们又找到另一处化石，紧接着又发现一处，还有其他更多处。

约翰逊写道：

我们意识到，这处山崖里满是骨头，之前我们都没看出来，现在它们仿佛就摆在我们眼皮子底下。但是科普教授说，我们得先找到眼皮在哪里。他大概是想说"世上没有一目了然的事"。

他们慢慢挖掘恐龙化石。

1876年，科学界对恐龙的认识还很少。到了世纪之交的时候，尽管人们还没有充足的证据，但都对那种巨型爬行动物的存在没有丝毫怀疑。

回到1806年7月，路易斯和克拉克考察队在黄石河南岸一带进行考察，那一带后来成了蒙大拿领地的一部分。考察队成员威廉·克拉克发现一块化石“嵌在岩石中”。根据他的描述，那是一块截面周长为三英寸、长三英尺的骨头，像是某种鱼类的肋骨。不过实际上它是一块恐龙骨头。

1818年，康涅狄格州发现了更多的恐龙骨头。他们一度认为那些是人类的遗骸，但之后又在同一地区发现了恐龙脚印，那些脚印被叫作“挪亚的乌鸦”。

最终是英国人发现了这些化石的真正含义。1824年，一个名叫巴克兰的古怪牧师曾对“斑龙或斯通菲尔德的巨大蜥蜴化石”进行过描述。巴克兰认为，这种生物的长度超过四十英尺，“体积相当于一头七英尺高的大象”。但是巴克兰认为这种大蜥蜴是一个独立的物种。

1825年，英国医生吉迪恩·曼特尔将禽龙化石描述为“一种新发现的爬行动物化石”。曼特尔的描述主要是基于在英国某采石场发现的恐龙牙齿。那些牙齿一开始被交给了当时最伟大的解剖学家居维叶男爵。他声称它们是犀牛的门齿。曼特尔却不相信，他坚持认为“我发现了一种未知的食草类爬行动物的牙齿”。最终他认定这些牙齿和美国的鬣鳞蜥最为相似。

居维叶男爵承认自己搞错了，他说：“毕竟我们也发现过别的新物种，别的食草类爬行动物。”此后爬行动物化石接二连三地被挖掘出来：1832年，林龙；1834年，长齿蛇龙，1836年，槽齿龙和祖龙；1837年，板龙。每次有新化石出土，人们就越发想知道，这些骨头是否说明众多大型爬行动物从地球上消失了。

终于，在1841年，内科医生兼解剖学家理查德·欧文提出了“恐龙”这种统称，意思是“可怕的蜥蜴”。1854年，这个提法为大众所接受。在西德纳姆的水晶宫展示的恐龙复原模型广受欢迎。（欧文因他卓越的成就被维多利亚女王册封为骑士，后来他大力反对达尔文及其进化论学说。）

1870年，发掘恐龙化石的热潮从欧洲传播到了北美。在19世纪50年代，美国西部就已经发现了大量恐龙化石，但是直到1869年，横贯大陆的铁路开通之后，人们才得以发掘那些巨大的骨头。

之后的第二年，科普和马什就开始了疯狂的竞争——两人都想在这片新区域找到化石。他们拿出了卡内基或者洛克菲勒一般的冷酷决心来完成自己的工作。这场竞赛对科学界来说算是全新的事物，倒是部分反映了他们所处的那个时代的主流价值观，同时表明在那个时代恐龙已经不是什么神秘生物了。科普和马什很清楚自己在做什么：他们要全面彻底地发掘出那些已经消失的爬行动物。他们在创造科学界的历史。

他们还知道，发现化石最多的人会获得巨大的荣誉。

这两个人一心一意寻找化石。约翰逊写道："寻找化石也是一种狂热行为，跟淘金挺像的。你永远不知道自己找到的是什么。那些可能性，潜在的最新发现，能把人掏空。"

他们确实发现了一些东西。当学生们在山上挖掘的时候，科普就在下面忙碌——画图、做笔记、分类整理。他要求学生们准确记录每一块骨头的出土位置，以及相对其他骨头的位置。他们用铲子和鹤嘴锄敲松石头，然后换上更小的工具，看起来都挺简单：锤子、凿子、钩子、刷子。虽然大家都很急切，但是首先要学习很多基本技巧，他们必须学习如何选择三种不同规格的宽头锤、四种不同宽度的凿子（科普说那些都是德国进口的产品，冷钢的质量特别好），还有可以用来挑开石头的两种不同的不锈钢钩子和各种用来刷走泥土和沙粒的刷子。

"我们大老远跑来，绝不能把这些事情做错，"科普说，"化石不会轻易冒出来。"

你不能砸了石头把化石取出来，他对学生们说。你必须学会定位化石，在必要的时候用凿子轻敲石头，只有极少数时候才能用锤子砸。为了找准石头和骨头之间的微妙界限，你必须学会辨别颜色。

“有时候可以吐点口水在石头上，”科普说，“水分可以增强对比度。”

“那我就该渴死了。”乔治·莫顿小声说。

“不要只看你们手上正在做的事情，”科普继续说，“还要会听。仔细听凿子敲在石头上的声音。音调越高石头就越硬。”

他演示了如何取出依附在岩石上的化石。他们趴着干活、跪着干活、蹲着干活，有时候也站着干活。有时候岩壁特别陡峭，他们只能先把钉子打进去，再用绳子把自己系牢。他们现在知道了，太阳的角度不光是照亮了石头的表面，同时能照出岩石缝的深度。

约翰逊想起了他当初学摄影是多么艰难，但把化石完好无损地从石头缝里取出来更难。

科普教他们如何把工具排列在手边才方便，如何更有效率地工作，学生们每天都要在锤子、凿子、钩子和刷子之间选择好几百次。习惯用左手的人要把凿子放在右边，刷子放在左边。

“这项工作比你们预想的更累人。”科普对大家说。

事实也的确如此。

开始的几天，乔治·莫顿抱怨说：“我手指头疼、手腕疼、肩膀疼，膝盖和脚也疼。”

“你比我好点。”厨子说。

骨头被送回营地，科普把它们放在黑色的羊毛毯子上，这样对比才明显。他仔细观察这些骨头，直到看出它们彼此的联系为止。7月末，他宣布他们发现了一种新的鸭嘴龙。过了一周，他又宣布有一种新的翼龙。8月的时候他们又找到了一种泰坦龙，最后还找到了鳄龙的牙齿。“我们发现了非常神奇的恐龙！”科普欣喜若狂地宣布，“非常神奇，非常了不起的恐龙！”

工作非常累，费时费力，有时候还很危险。一方面，这片山地和西部的其他地方一样具有欺骗性。有些地方看起来只是一座小山坡，爬上去却足有五六百英尺高。在半山腰那些容易崩塌的倾斜岩层上工作，同时还要保持平衡，实在非常辛苦。这是个完全陌生的世界：他们经常要在巨大的岩石表面工作，彼此相隔很远，根本看不见对方，但由于这个地方非常寂静，弧形的悬崖仿佛巨大的管道，他们可以轻松地交谈。尽管有锤子、凿子敲击岩石的声音不断干扰，可他们只需要很小声便可交谈。

还有些时候，寂静和与世隔绝的感觉越来越让人难受。尤其是克劳人离开后，大家对寂静越发感到紧张了。

斯滕伯格说得没错：在荒野里，最大的问题是尘土。他们每掀动一下铲子就会掀起呛人的碱性灰尘，这种灰尘会灼伤眼睛，刺痛鼻子，并且沾在嘴唇上，引起抽搐和咳嗽。灰尘还会沾在伤口和衣服上，不断摩擦着胳膊肘、胳肢窝和膝盖窝。睡袋也变得满是沙粒，食物里也全是灰尘，吃起来又酸又苦，咖啡也变了味。被风吹起来的尘土永无停歇，成了这片艰苦荒地的一大标志。

所有的事情都要亲手去做，挖掘化石尤其如此，因此他们的手都脱了皮、长了老茧，尘土灼烧着每一道细小的伤口。每天的工作结束后，科普坚持要求他们认真洗手，并且在手掌和手指各处涂抹一种黄色膏药。

“有点臭，”约翰逊说，“这是什么？”

“提炼过的熊脂肪。”

但灰尘无处不在，他们想尽办法也没什么用。用大手帕和头巾遮住脸也没用，因为遮不住眼睛。厨子搭了个帐篷免得灰尘沾到食物，结果第二天帐篷就被烧了。大家互相埋怨了好一阵，过了一周谁也不再提这件事了。它仿佛是一个无声无息的阴谋。最终大家都不再提灰尘了。

脆弱的化石被挖出来之后要用绳子运下山，这个过程也非常困难，每个人都小心翼翼的。只要稍微一滑，化石就会从绳子上掉落，滚下山坡，砸到地上，摔成毫无价值的碎片。

遇到这种情况科普就会特别生气，并且再次提醒他们："化石被安静地埋藏数百万年，难道是用来被你们摔着玩的？蠢货！一群蠢货！"

被骂了之后，大家都非常期待科普自己也手滑一次，但是科普从不失手。斯滕伯格说："除了脾气坏以外，教授基本上是个完美无缺的人。你们还是接受现实吧。"

岩石本身也很易碎，这导致化石裂痕很多，就算特别小心也难免损坏。最令人恼火的情况是，经过几天甚至几周的挖掘之后，化石在送到地上时却碎了。

斯滕伯格最先想到了解决方案。

当初他们从本顿堡出发的时候带了几百磅大米。以目前的形势来看，他们肯定吃不完那么多米。（艾萨克说："反正照厨子那样煮饭是肯定吃不完的。"）斯滕伯格把米煮成黏稠的胶状物浇在化石上。这种异想天开的办法使化石看起来像是雪球，用斯滕伯格的话来说"像超大饼干"。

虽然话是这么说，但是米浆确实成了保护壳。化石再也没有碎过了。

围　火

每当太阳下山，阳光暗下去后，这片地方的山崖看起来就没那么荒凉了。晚上，科普会回顾他们这一天的发现，谈论那些巨兽曾经生活过的神秘世界。

“只要科普本人有心，他说起话来比演说家还动听。”斯滕伯格写道，“到了晚上，那些灰暗僵硬的岩石就成了浓绿的丛林，潺潺的溪流汇入长满植物的湖泊，晴朗的天空布满浓厚的积雨云，事实上眼前这片荒芜的土地突然变成了远古沼泽。他描述的这些场景简直不可思议，我们甚至觉得脊背发凉，身上都起鸡皮疙瘩了。”

其实这种脊背发凉的感觉部分源自一些异端邪说。科普跟马什不一样，科普不信达尔文的学说，不过他支持进化论，当然更支持古代遗迹。莫顿将来要和他父亲一样当牧师，于是他问科普，“从科学的角度来看”世界有多大年龄了。

科普说他不知道。他语气很温和，每次他想隐瞒什么东西的时候就是这种语气。这和他暴躁的脾气截然相反，这是一种懒散的冷漠，态度平静，语气安详。每当谈话进入宗教相关领域时，科普的态度就会变得温和起来。作为一个虔诚的贵格会信徒（尽管他脾气暴躁），科普不可能将其他想法置于宗教之上。

莫顿又问，世界是不是像乌色尔大主教说的那样，只有六千年历史。

尽管当时达尔文以及很多自称“地理学家”的新兴科学家有了很多新发现，依然有很多严谨的有识之士相信六千年这个说法。然而问题在于，科学家们自己的说法也各不相同。科学观点总在变化，就像女装流行趋势一样多变。而这个果断坚决的“公元前4004年”的假说则满足了那些寻求伟大真理的人。

科普的回答是：不。他不认为世界这么年轻。

莫顿问：“那是多久呢？不是六千年，是一万年吗？”

“不。”科普依然以平静的态度回答。

“那究竟有多老？”

“是4004的一百万倍。”科普的声音依然很平静，仿佛在梦游。

“你在开玩笑吧！”莫顿惊呼，“四十亿年？太荒谬了！”

“据我所知谁都没有见证过那个时代。”科普平静地回答。

“那么太阳的年龄有多大呢？”莫顿带着自鸣得意的神情问。

1871年，当时杰出的物理学家开尔文男爵对达尔文的学说提出了严肃的反对意见。此后几年，无论是达尔文还是其他科学家都没能驳倒他的意见。

不管大家对进化论有何意见，它都暗示了这个世界拥有一段漫长的历史——至少要几十万年之久才能造就现在的地球。在达尔文发表这个观点前，人们认为世界再古老也不过是一万年。达尔文本人坚信地球至少有三十万年的历史，这样才能给生物提供足够的进化时间。最新的地理学研究出土的证据与达尔文的假说有些矛盾，且令人疑惑，但是它至少明确表示地球年龄远不止几十万年。

开尔文男爵对这个问题有着不同看法。他提问道：太阳燃烧了多长时间？太阳的质量是确定的，那么它在燃烧过程中消耗掉的物质应该和地球上生成的物质是等量的，因此可以计算出在这几十万年的时间内它燃烧掉了多少物质。开尔文的结论是，太阳只需两万年就会燃烧殆尽。

开尔文男爵是个很虔诚的宗教人士，因此反对进化论。他以十分客观的态度，从数学和物理方面研究了这个问题，然后提出了不容反驳的结论：根本没有足够的时间让进化过程发生。

补强证据来自地球的热度。根据矿井和其他钻探地点的情况来看，每深入地壳一千英尺，温度就会升高一摄氏度。这就意味着地球的核心温度很高。但是如果地球真的在几十万年前就已经形成了，那么它应该有足够的时间冷却才对。如果地球真的有几十万年的历史，那这就不符合热力学第二定律了。

对于这一物理学上的悖论，可能只有一种解释，科普从支持达尔文的角度提出："也许我们还不了解太阳和地球的能量来源。"

"你的意思是，还有科学尚未发现的全新的能量形式？"莫顿问道，"但是物理学家们说那是不可能的，他们声称已经了解了宇宙的全部规律。"

"也许他们搞错了。"科普说。

"总之有一方是错的。"

"没错。"科普平静地说。

如果说科普以开放的心态聆听了莫顿的意见，那么他对蛇人[1]侦察兵小风也同样宽容。刚开始挖掘骨头的时候，小风非常不安，而且大力反对他们挖掘化石。他说大家都会被杀死的。

斯滕伯格问："我们会被谁杀死？"

1　即蛇印第安人，为肖肖尼人、班诺克人和北派尤特人的统称。

“被伟大灵魂用闪电劈死。”

斯滕伯格又问：“为什么呢？”

“因为我们侵扰了这片墓地。”

小风解释说，这些骨头是古代生存在这片土地上的巨蛇留下的，后来巨蛇被伟大灵魂用闪电杀死了，这样人类才得以在西部平原上生存。

伟大灵魂不希望巨蛇的骨头受到侵扰，也不喜欢来到此地的冒险者。

斯滕伯格不喜欢小风，他找了个时间把这件事报告给科普。

科普说：“也许他是对的。”

“只不过是野蛮人的迷信而已。”斯滕伯格很不以为然。

“迷信？其中哪部分是迷信呢？”

“全部都是迷信。”斯滕伯格回答，“整个说法都是迷信。”

科普说：“印第安人认为化石是古代巨蛇的骨头，也就是爬行动物的骨头。我们也认为它们是爬行动物的骨头。他们认为这些生物非常巨大，我们也这么认为。他们认为这些巨大爬行动物生活在远古，我们也一样。他们认为伟大灵魂杀死了巨蛇，我们则说我们不知道恐龙为什么灭绝——既然我们无法给出合理的解释，又怎么能说他人的说法是迷信呢？”

斯滕伯格边摇头边叹气地走开了。

劣质水

科普选择露营地点的唯一标准就是便于挖掘化石。他们的首个露营地点最大的困难就是缺水。附近的熊溪污染严重，头天晚上大家喝了后都腹泻并感到绞痛，第二天他们就再也不去那里取水了。而荒原上其他地方的水，用斯滕伯格的话来说“就像高浓度的硫酸镁盐溶液”。

于是大家都从泉眼取水。小风知道几处泉眼，最近的一处离他们的营地有两英里远。出于摄影需要，约翰逊对水质非常挑剔，所以取水就成了他的工作，他每天都必须骑马去取泉水。

每次都有人跟他一起去取水。克劳人没有找他们的麻烦，苏族人应该还在南方，但这里毕竟是印第安人的狩猎场，大家永远不知道会在哪里遇到怀有敌意的一小队印第安人。独自一人行动的风险很大。

对于约翰逊来说，取水是一天中最令人愉快的时光。在碧蓝的天幕下骑马，四面八方都是广袤的荒原，他觉得自己仿佛无限接近那种神秘的力量了。

一般情况下是小风和他同去。小风也喜欢去营地以外的地方，不过他的原因和约翰逊截然不同。随着日子一天天过去，越来越多的骨头被发掘出来，小风也越发害怕伟大灵魂来惩罚他，有时候他也把伟大灵魂叫作“无处不在的神灵”——神灵存在于世间万物中，他们无处不在。

他们通常是在下午三点到达平原上的那处泉眼，这时候天气转凉，阳光变得昏黄。他们把水囊装满放在马背上，让马直接在泉水边喝水，然后骑马返回。

有一天他们到达了泉水的位置，小风示意约翰逊离远一点，他自己则下马仔细观察泉水附近的地面。

“怎么了？”约翰逊问。

小风快速来到泉眼旁，鼻子离地面只有几英寸。他不时抓起一把平原上的沙土闻一闻，然后又放下。

小风这种举动总能让约翰逊感到既惊讶又烦恼——惊讶是因为印第安人竟然能像看书一样看懂大地，烦恼是因为他自己学不会，他怀疑小风有时候是在故弄玄虚。

“怎么了？”约翰逊再次不耐烦地问。

“马。”小风说，“两匹马，两个人。今天早上经过这里。”

“印第安人？”约翰逊的语气比他自己预想的紧张得多。

小风摇头：“马有马蹄铁，而人都穿着靴子。”

除了考察队成员以外，他们基本上一个月没见过白人了。因为白人根本没有理由到这个地方来。

约翰逊皱起眉头：“是来设陷阱捕猎的吗？”

“设陷阱？”小风指指四周的大平原，“根本没有会掉进陷阱的猎物。”

“捕猎水牛？”现在依然有人买卖水牛皮，主要是用来做成服装销往城市。

小风摇头：“水牛猎人不会在苏族的领地打猎。”

这倒是真的，约翰逊心想。虽然有人去苏族的领地淘金，但是水牛猎人却从来不肯冒险。

“那到底是什么人呢？”

“一样的人。”

“什么一样的人？”

“就是在狗溪的那些人。”

约翰逊下马。“就是你在狗溪的时候发现的那个营地里的人？你怎么知道的？”

小风指着地上的泥土：“这个靴子的后跟坏了。一样的靴子，一样的人。”

“我的天。”约翰逊说，“我们被人跟踪了。”

“是的。”

“嗯，我们赶紧打了水回去告诉科普吧。也许他会采取措施。”

小风指着他们的马说：“不要用这里的水。”马都安静地站在泉水边。

“为什么？”约翰逊问。

“马没喝水。”小风回答。

这些马平时总是一到泉水边就立刻喝水。他们总是先让马喝水，然后再把水囊装满。

小风说得对，今天这些马根本就不喝水。

“糟了。”约翰逊说。

“水不好了。”小风说着靠近泉水嗅了嗅。突然他把整条胳膊都伸进泉水里扯出来一大把淡绿色的水草，接着他又扯出来更多水草。随着水草不断被扯出来，泉水流得更顺畅了。

小风把水草的名字告诉了约翰逊，还说这种水草会让喝水的人生病。他说得很快，约翰逊没能全部听懂，只听到他说，就算没有死，也会发烧、呕吐、举止疯癫。

“坏事，”小风说，“明天水会好。”

他眺望着平原。

“我们要去找那些白人吗？”约翰逊问。

“我去找。”小风回答。

“我也去。”约翰逊说。

在这个渐渐昏黄的午后，他们策马跑了大约一小时，已经逐渐远离了营地。约翰逊忽然意识到，天黑前他们可能回不去了。

小风有时候会忽然停住，下马检查地面，然后重新上马。

“还有多远？”

“快了。”

于是他们继续骑行。

太阳落到了落基山背后，他们还在骑行。约翰逊有些焦虑。他此前从未在荒原上走夜路，科普反复告诫他们要在天黑前返回营地。

“还有多远？”

“快了。”

他们又骑了十五分钟，随后再次停下。

小风下马的次数似乎增多了。约翰逊觉得是因为天太黑，他看不清地面了。

“还有多远？”

“你想回去了吗？”

“我？不，我只是问问还有多远。”

小风笑起来：“天黑了，你害怕了。”

“胡说。我就是问一声。你觉得还很远吗？”

“不，”小风抬手一指，“那里。”

在遥远的山脊上，一缕灰色的烟笔直地升上天空。那是营火。

“马留下。”小风说着下了马。他拔了一把草，让草叶随风飘走。那些叶子往南飘去。小风点点头，解释说他们必须从下风处接近营地，不然对方的马会闻到他们的气味。

他们匍匐前进，爬到山脊上，趴着俯瞰山谷里的情景。

暮色中，他们看到几个人、一顶帐篷，还有闪烁的篝火。六匹马拴在帐篷后面。其中一人身材壮实，另一个很高。他们正在烹制一头刚杀死的羚羊。约翰逊看不清他们的脸。

不过这座孤立在广阔平原上的营地让他感到十分不解。他们为什么在这里扎营？

“这些人想挖骨头。”小风说出了自己的想法。

随后那个高个子来到火堆旁，他吐了口唾沫然后踩了一脚。约翰逊认出了那张脸，是那个在奥马哈火车站跟他说过话的大汉。而且马什在小麦地旁也跟那个人说过话。他便是水手乔·贝内迪克特。

然后他们听到了小声说话的声音。帐篷被掀开，一个身材健壮、头发半秃的人走了出来。他搓着手里的东西——应该是在擦眼镜。那个人说话了，即使相隔这么远，约翰逊也听出了那种略微迟疑又一本正经的语气。

是马什。

科普愉快地一拍手。“好！那位专门研究科普的专家跟踪我们到这里来了！这不就印证了我说的话吗？那人不是科学家，而是个搅屎棍。他不会自己去研究和发现，就想偷我的成果。我没时间也没心情去监视他。但是马什老爹居然一路从耶鲁大学跑到蒙大拿来给我下套！”科普摇摇头，“他还是去收容所待着吧。”

“你好像挺高兴呢，教授。”约翰逊说。

“我当然高兴啦！我说他疯疯癫癫果然没说错——更重要的是，这一路上他都在忙着陷害我，说明他肯定一丁点骨头都没找到！”

“这也不一定。”斯滕伯格冷静地说，“马什很有钱，他现在没有和学生们在一起。眼下这个时候，他很可能付钱给学生，让他们在三四个地方同时发掘化石。”

斯滕伯格几年前在堪萨斯城给马什做过事。他说得没错，科普收起了微笑。

“说起新发现，他是怎么发现我们的？”他问。

“小风说这群人和在狗溪跟踪我们的是同一伙人。”

艾萨克跳起来：“看见没！我就说我们被跟踪了！”

“坐下。”科普皱起眉头，他这下幽默不起来了。

“他到底为什么在这里？”厨子说，“他们鬼鬼祟祟的，肯定会杀了我们抢走化石。”

“他们不会杀了我们，”科普说，“不过，肯定会抢走化石。”

“他们不敢。马什也不敢。”

但是在黑暗的荒原上，这番话听起来毫无说服力。

大家沉默了一阵。夜风呜呜地吹过。

“他们在水里下毒了。”约翰逊说。

“对，”科普说，“确实下毒了。”

“这可不算友好相处。”厨子说。

“对……”

“教授，这次有不少重要发现。别的科学家肯定会不择手段来争夺。”

“没错。”

然后又是很长一段沉默。

艾萨克说："我们现在远离家乡在这个地方，万一发生意外，谁能幸免？要是我们永远回不到本顿堡的话，他们也只会说，是印第安人害死了我们。"

"他们就怪印第安人。"小风点头。

"没错。"

"最好采取一些行动。"艾萨克说。

"你说得对，"科普盯着篝火慢慢说，"我们应该采取行动。明晚我们请他来吃饭。"

科普和马什共进晚餐

第二天，大家没有去挖化石，而是热火朝天地准备款待马什。营地被打扫干净，衣服洗干净，人也都洗干净了。斯滕伯格打了一头鹿，厨子把它烤了当晚餐。

科普自己也在准备。他从发掘出的化石中选出一部分，这里放一块那里放一块。

约翰逊问他需不需要帮忙，科普摇头说："这活只能让专家来干。"

"你选出一些化石给马什看？"

"是的。我在制造一个新生物：普通马什兽。"

这天下午，他终于用碎片组合出了一个像样的头骨，还有两个角状的东西从颌骨上突出来，状如弯曲的象牙。

艾萨克说它看起来像头公野猪，或者疣猪。

“没错，”科普激动地说，“这就是一头外观像猪的史前巨兽。像猪的恐龙！对付猪头就应该用猪头！”

“真不错，”斯滕伯格说，“但是马什凑近看可能会识破。”

“不用凑近看。”

科普让大家把这个胶水粘起来的头骨抬起来，严格按照他的指示抬到远离篝火的位置，然后又往近处挪了一些，然后再抬远一些。接着又往左移动，随后又往右移动。科普站在火堆旁眯起眼睛看了看，让大家再挪一挪。

“他就像个装修房子的主妇，而我们是来抬家具的。”厨子抱怨道。

傍晚时分，科普终于对头骨的位置表示满意。所有成员去梳洗干净，小风离开营地去邀请马什来吃晚餐。他几分钟后就回来了，还说对方有三个人正骑马往这边走来。

科普阴沉地笑了笑：“我就知道他会不请自来。”

“双方都有些故作姿态。”斯滕伯格这样说，他是在两边都工作过的人，“不过表现得不尽相同。马什教授阴沉严肃，不时若有所思地停顿一会儿。他说话很慢，仿佛是要让听众期待他的下一句话。科普教授则相反——他语速飞快，行动迅速，有些神经质，像一只蜂鸟一样引人注意，因为你不想漏掉他的任何动作。这次会面是我唯一一次看到这两人碰面，很显然他们之间没什么友爱之情，只不过他们彼此都十分冷淡地按照东部的礼仪掩藏着对对方的厌恶。”

那三个人来到营地下马之后，科普问：“是什么风把你吹来了，马什教授？”

“只是礼节性的拜访，科普教授，”马什回答，“我们恰好就在不远处。”

“真巧啊，马什教授，毕竟这片荒原广阔无垠。”

“科普教授，这一定是因为相同的志趣指引我们走上了相同的道路。”

“你居然知道我们在这里，我真的很惊讶。”

“本来是不知道的，”马什说，“但是我们看到了你的营火，于是过来察看。”

“能让你看到也是光荣，”科普说，“请务必留下来和我们一起吃晚饭吧。”

“我们无意打搅。”马什边说边打量着营地。

“彼此彼此，我们也不愿拖延你们的行程——”

“既然你坚持，我们也很愿意留下来吃晚餐，科普教授。我们接受邀请。”

厨子拿出了不错的波本酒，他们喝酒的时候，马什继续四下打量着营地。他看到了几块化石，然后在稍远处，有一个长着长牙的奇怪头骨放在旁边。他瞪大了眼睛。

“我发现你在看——”科普主动开口。

“不，不——”

“我们这里和你的相比只是很小规模的考察，你的考察规模一定是很大的。”

“你们的行动似乎成绩斐然，很有效率。”

“我们很幸运，有了两个重大发现。”

马什紧张得把波本酒都洒出来了，他用手背擦了擦下巴说：“毫无疑问是这样的。”

“作为同行，你愿不愿意参观我们的小营地呢，马什教授？”

马什显然非常激动，但是嘴上却说：“啊，我不想打探什么。”

“我诚意邀请你。”

“我不想被人指责不得体。”马什笑着说。

“仔细想想，你说得没错，”科普说，“我们还是不要参观了，专心吃晚餐就好。”

一时间，马什愤恨地瞪了一眼约翰逊，那眼神让约翰逊感到一阵恶寒。

“再来点威士忌吗？”科普问。

“好的，来点吧。”马什说着伸出杯子。

晚餐成了一场社交闹剧。马什跟科普说起他们过往友情的种种细节，这份友谊自然是从柏林开始的，当时内战正酣，而两个人都很年轻。科普也赶紧补充自己记忆中那些温暖人心的逸事，总之两人都忙不迭地表达自己对于对方的敬仰之情。

马什说：“科普教授肯定已经告诉你们了吧，是我帮他找到了第一份工作。”

大家礼貌地回答：没听说。

“嗯，其实也不是第一份工作。”马什说，“科普教授当时辞去了他在哈佛大学的动物学教授职位——我记得当时事发突然，1868年他就计划着去西部，对吧，科普教授？”

“没错，马什教授。”

“于是我带他去华盛顿，在那里见到了斐迪南德·海登，那时候海登正计划进行地质学考察。科普和海登很投缘，于是就以考古学家的身份加入了考察队。”

“的确如此。”

“但是我记得你没能参与考察。”马什说。

“是啊，”科普说，“我的小女儿病了，我自己身体也不好，所以我留在费城对他们送回来的骨头进行整理分类。”

“你在推论方面别有天赋，不需要看化石的具体发掘地点，也不用亲手挖掘就能整理分类。”

马什的不满情绪变得具有攻击性。

“你在这方面也同样杰出，马什教授。”科普迅速回答，“我一直希望自己也能像你一样有多个赞助者提供丰厚的资金，这样才能雇用一大群化石猎人和挖掘工来给自己干活。要及时整理化石并送到纽黑文肯定很辛苦吧，何况你还要亲自写论文呢。”

“你也是一样忙碌啊。”马什说，“你的报告肯定会在化石发掘后的一年内得到发表，我真的很佩服。你肯定一直都在努力地抓紧时间工作。”

“一直抓紧时间，肯定的。”科普回答。

“你总能找到诀窍。”马什说。然后他又谈起两人年轻时在新泽西州哈登菲尔德市一同寻找化石的那几周。“那真是美好的回忆啊。”他愉快地说。

“没错，那时我们都还年轻，不像现在这样世故。”

马什说：“我还记得，那时候要是发现了一块化石，我要冥思苦想好几天才能明白它的意义，而科普教授只需看一眼，一拍手就能给它命名。真是非常博学——只是偶尔会出错。”

“我不记得自己出过错，”科普说，“只不过这些年来承蒙你的好意，找到了我所犯的各种错误并为我一一指出。”

“科学是位严苛的女士，她要求真理胜于一切。”

“对我来说，我认为真理是人格的副产物。一个诚实的人举手投足之间就能揭示真理，而一个虚伪的人无论何时都在扭曲事实。还要威士忌吗？”

“我还是喝点水吧。”马什说。水手乔·贝内迪克特坐在他旁边拿胳膊肘碰了碰他。“转念一想，还是威士忌更好。”

“不喝水了？”

“西部荒原的水跟我的肠胃不合。”

“所以我们才从泉眼里打水呀。哦，马什教授，你刚才说到诚实？”

“不，我记得是你在说诚实，科普教授。”

事后约翰逊这样写道：

随着那晚的时间流逝，目睹两位考古学泰斗会面的激动情绪消失殆尽。他们很久以前就认识彼此了，两人的背景也很相似。这倒是很有意思。他们两位都自小失去了母亲，被严厉的父亲抚养长大。两个人都从童年时代起就喜欢化石，而化石恰好是他们父亲的兴趣所在。他们两个的性格都很顽固孤僻——马什生活在乡下农庄，科普则是神童，六岁就开始记解剖学笔记。两个人的生活经历也类似，最终他们在欧洲留学时相遇了，当时他们都在研究旧大陆的化石。那个时候他们还是挚友，现在却成了仇敌。

几小时之后，我们再也没兴趣听他们斗嘴了。我们整天都在干活，现在很累，想睡觉了。而马什的那两位粗鲁的同伴似乎也很疲倦。但是科普和马什依然说个不停，他们互相嘲讽、争执，你来我往吵个不停。

最终托德倒在篝火旁睡着了。他鼾声响亮，无疑是在提醒两位教授听众们要睡了。而没有了众人观战，两位教授也没有了继续争论的兴趣。

这天晚上基本上就这样平淡地结束了——没有吵架，也没有开枪，只是喝了很多酒，大家都东倒西歪了。马什和科普握了握手，不过我注意到这次握手颇有深意，其中一个人握住另一个人的手不肯放开，两人都愤恨地瞪着对方，火光映在他们脸上。这一刻我分不出谁才是进攻的一方，但是我看得出来，两人都在默默诅咒自己的死敌。接着他们突然用力地撒开手，马什带着他的人骑马离开了。

“拿上枪睡觉，孩子们！”

他们还没走到最近的山脊，科普就突然醒了。他非常警觉，精神十足地说：“把枪拿出来！拿上枪睡觉，孩子们！”

“为什么？什么意思？”

“今晚会有不速之客，别不当回事。”科普像拳击手似的挥舞拳头，“那个穿衣服的猴子还会回来，他会像条蛇一样肚皮着地地爬回来偷看我的野猪头骨。”

“我们不是要开枪打他们吧？”艾萨克担心地问。

“就是这个意思。”科普说，“他们针对我们，妨碍我们，还派一队人马追踪我们，在我们的水里下毒，现在还要偷我们的成果。我就是准备打死他们。”

这就有点极端了，不过科普生起气来是没法沟通的。

一小时过去了。营地的人基本上都睡了。约翰逊躺在科普旁边，他翻来覆去地努力不让自己睡着。

他就这样一直醒着，终于看到第一个黑色的身影出现在山脊上。

科普轻轻地叹了口气。

接着第二个人和第三个人出现了。第三个人身材粗壮，行动笨拙。

科普叹了口气，举起他的来复枪。

那几个人靠近营地，朝化石的方向走去。

科普举枪瞄准。他枪法很好，有那么一瞬间，约翰逊满心恐惧地以为教授真的要打死他的宿敌。

“教授——”

“约翰逊，”科普平静地说，“他出现在我的视野里。我有能力杀了这个擅自闯入的小偷。记住今晚的事。”

说着科普举起来复枪，朝天开枪两次，喊道：“印第安人！印第安人！”

这一喊，营地所有人都醒了。很快，四面八方都是枪声，夜空中充满了烟雾和火药味。

他们听到营地对面的几个不速之客爬上山脊跑了，不时还传来叫骂声：“该死！不长眼的！”

最后一个十分有辨识度的声音喊道：“你这个骗子，科普！那玩意是假的！真有你的！假的！”

那三个人跑得无影无踪。

枪声也停止了。

“你们这下见识到奥西[1]·马什的为人了吧。”科普说。

他说完笑着倒头睡了。

1 奥思尼尔的昵称。

迁移营地

8月初，一队穿越荒原前往密苏里河的士兵路过营地。当时人们可以乘坐蒸汽船到河流上游的牛岛，牛岛上有个小基地。这些士兵要去牛岛增援那边的防御力量。

他们都是高大的爱尔兰和德国年轻人，不会比考察队的学生们更年长。在这一区域遇到了活生生的白人，士兵们都很惊讶，其中一个人说：“是我的话就会尽快离开这里。”

他们带来了战争的最新消息，但不是好消息：自卡斯特战败之后，他们一直没能一雪前耻。克鲁克将军在怀俄明领地的火药河附近打了一场毫无意义的仗，但那之后印第安人就再没有出现过。特里将军根本没有遇到苏族的大部队。东部报纸本来都信心十足地宣称战争再过几周就会结束，但是现在态度却模糊起来。有几位将军甚至说战争至少还要持续一年，说不定到1879年都不会结束。

其中一个士兵说："印第安人最麻烦的地方在于，他们想找到你就能找到你，要是他们不想被找到的话，你就永远找不到。"他停了一会儿又说："这里毕竟是他们的地盘——当然我不是在找借口。"

另一个士兵看了看他们那一大堆箱子："你们在这里挖矿？"

"不是，"约翰逊说，"这些都是骨头。我们是来挖化石的。"

"当然，当然。"那个士兵笑起来。他从水壶里倒了些喝的给约翰逊，其实壶里装的全是波本酒。约翰逊喝得抽了口气。士兵笑着说："有了它路上就不会无聊了，不骗你。"

士兵们跟科普的人一起擦洗马匹，擦了大概一小时然后就继续出发了。

"我肯定不会在这种地方停留太久。"劳森队长说，"据我们所知，坐牛、疯马这些人要带着苏族部落赶在冬天之前去加拿大，也就是说他们随时可能路过这里。要是他们发现你们在这里，肯定会杀了你们的。"

他说完这番话就骑马离开了。

（很久之后，约翰逊听说坐牛一路北上，杀掉了他遇到的每一个白人，他们北上时也在牛岛停留过，劳森队长也被杀了。）

艾萨克挠挠下巴说："我们还是走吧。"

科普却说："还不能走。"

“我们已经找到很多骨头了。”

“对啊，”厨子说，“已经够多了。多得不得了。”

“还不够。”科普用冰冷的语气结束了讨论。

斯滕伯格在自己的考察记录里这样写道：“我们早就知道，他一旦下定决心，别人再怎么说都没用了。科普的固执无人能及。”

不过科普还是决定收拾营地去往下一个目的地。之前三周他们都驻扎在一千英尺高的页岩悬崖下。科普检查了整片区域，他觉得在三英里开外还有更多化石。

“去哪里？”斯滕伯格问。

科普指了指远处：“平原上面。”

“你是说到那片平坦的台地上去？”

“对。”

艾萨克表示抗议：“但是教授，我们至少要走三天才能离开劣地，然后要找到新的路线才能到台地上面去。”

“不需要。”

“我们不可能爬上悬崖。”

“我们可以的。”

“人走不上去，马也骑不上去，马车更不可能被推上悬崖啊，教授。”

“真的可以。我示范给你看。”

科普坚持让大家马上收拾行装，往东走两英里，然后很自豪地指出页岩悬崖上的一处斜坡。

那处斜坡比悬崖其他地方平缓，但依然陡峭难行。其中有一些水平的山脊，页岩十分松散，因此很难走稳。

负责驾车的厨子看了看这条路，吐了一口叶子烟：“不行，走不了。”

“可以的，”科普说，“必须走。”

他们花了十四小时爬上一千英尺高的悬崖——这真是一个非常艰难的过程，一路上危险不断。大家用铲子和镐沿途挖出一条路，然后卸下车上的东西，把一切可以驮的东西都放在马背上，牵着马上山，现在就只剩马车在山下了。

厨子驾车从山脚走到斜坡的一半，但是他走到一条很窄的山脊时，马车的一个轮子悬空了，于是厨子拒绝再往前走。

这下科普生气了，他决定自己来驾车，还说：“你不光是个蹩脚的厨子，还是个没本事的车夫！”其他人赶紧来劝他，艾萨克爬上马车继续前进。

他们解开领头那匹马的索具，用剩下的两匹小马拉车。

后来斯滕伯格在《化石猎人生涯》中这样描述他们的经历：

艾萨克驾车走了三十英尺，然后就发生了严重事故。我看到马车慢慢倾斜，把拉车的马也拽到了一边，然后整架马车连车带马都滚下了山坡。每次马车轮子朝天的时候，马匹就把腿蜷到肚子底下，等马车翻到正面时，它们就伸开腿准备迎接下一次翻滚。

我的心都提到了嗓子眼，生怕艾萨克被翻滚的马车压死，也害怕马车掉到下面凸出的岩石上，但是翻滚了三次之后，马车稳住了。马站起来，车子也四轮着地，停在了一座砂岩的山脊上，仿佛什么都没发生过。

最终大家解开所有的马匹，用绳子拉动马车，这个办法奏效了，那天下午晚些时候，他们总算在台地上重建了营地。

科普朝厨子吼道："晚饭你最好用心点！"

厨子说："你等着瞧。"结果晚饭还是像往常一样——硬饼干、培根和豆子。

尽管大家抱怨颇多，但是新营地确实不错。由于在开阔的平原上，风吹起来很凉快。约翰逊写道："各个方向都能看到壮丽的山景——西边是怪石嶙峋的落基山，山顶上覆盖着耀眼的白雪；南边、东边和北边有朱迪斯河、梅迪辛博镇、熊掌山，以及香草山，我们被美景环绕。早上的时候，空气十分清新，我们可以看到一群群的鹿、麋鹿和美洲羚羊，远处的山脉沐浴着光辉，这样的美景其他任何地方都无法比拟。”

但是鹿群和羚羊群都在往北迁徙，时间一天天过去，渐渐有雪落在落基山的斜坡上。一天早上，他们醒来忽然发现晚间这片平原也下了一层薄薄的雪，虽然在中午时分雪就化了，但这个事实却是难以忽视的。季节正在变化，秋天快要来了，随着秋天一起到来的还会有苏族人。

“该离开了，教授。”

“还不行，”科普回答，“还不行。”

牙

一天下午，约翰逊看到一片疙瘩状的岩石，每个疙瘩大概都有拳头大小。当时他正在清理沉积岩山坡上一片内容丰富的沉积物，那些石头疙瘩妨碍了他的工作。他挖出面上的几个石块，几个圆石头顺着山坡滚下去，险些砸到了山脚下的科普，当时科普正在给新发现的异龙腿骨画素描。科普听到石头滚下来，赶紧跳到一边。

他冲着上头喊了一句："干什么呢！"

"抱歉教授。"约翰逊小心翼翼地回答。又有一两块石头滚下去，科普赶紧跳到另一边，然后拍拍身上的灰。

"小心点！"

"好的，先生。对不起！"约翰逊再次道歉。他小心地继续清理石头，用镐头挖出别的石块，他打算把石头一一撬出来，然后——

"住手！"

约翰逊往下面一看，科普像个疯子似的从山下冲上来，手里还拿着刚才滚下去的石头。

“住手！我说住手！”

“我很小心了。”约翰逊不大明白，“我真的——”

“停下！”科普又往山下滑了一些，“不许动！不准动任何东西！”他一边喊一边往下滑，消失在一片灰土中。

约翰逊等了一会儿。片刻后，科普教授从灰堆里爬出来，怒气冲冲地爬上山顶。

约翰逊心想他肯定是气疯了，因为一路直走着爬上山特别困难，这几乎是不可能的，大家从一开始就吸取了教训。这片山坡很陡，石头也松散，想爬上来必须走“之”字形，但就算走“之”字形也很难，所以大家宁可绕一英里的路选轻松的路线爬上来。不过从这条路下山倒是很方便。

然而科普居然笔直地爬上山了，仿佛有什么性命攸关的大事情。“等着！”

“我等着呢，教授。”

“不许动！”

“我没动，教授。”

科普终于来到他旁边，翻开泥土，不禁吸了口气。他没有丝毫犹豫，拿袖子抹了把脸，仔细观察发掘过的地面。

“你的相机呢？”他说，“你为什么不带相机？我需要在这里拍照。”

约翰逊很惊讶地问：“照这些石头？”

“石头？你以为这些只是石头？它们根本不是石头。”

“那是什么？”

“是牙齿！”科普大声说。

科普捡起其中一个，抚摸其上的凹凸处和尖锐处。他把滚下山的两颗牙跟其他牙摆在一起，然后又从约翰逊脚下找到第三颗牙，也跟另外两个放在一起。很显然，这些牙的大小和形状都比较一致。

“牙，”科普说，“恐龙的牙。”

“太大了！这只恐龙肯定特别大。”

一时间，他们两人都默默站着，想象着这头恐龙有多大——那块下颌骨上长了一整排这样的巨型牙齿，对应这么大的颌骨，因此头骨肯定也很大，脖子得有橡树那么粗才能支撑起这样巨大的头骨和下颌，那么脊柱也得跟脖子的骨头差不多粗才行，所以每块脊椎的大小可能跟马车轮子差不多，另外还需要四条十分粗壮的腿来撑起这样一头庞然大物。每一颗牙齿都充分说明它的骨头和关节得有多大。而且一头这样巨大的动物很可能还需要一条长长的尾巴来平衡脖子上的重量。

科普盯着布满岩石的地面，不禁沉浸在自己的想象和知识中。此时，他平时急躁的脾气都消失了，只剩下平静的沉思。他仿佛自言自语地说："这头恐龙肯定比我们目前已知的最大的恐龙至少还要大一倍。"

他们已经发现了不少大型恐龙，包括三种独角龙的样本，独角龙是一种状如巨型犀牛的恐龙。其中一个种类的独角棘龙，科普估计它从脚到髋骨最高处共有七英尺高，全身包括尾巴在内有二十英尺长。

但是这一新发现的恐龙比独角棘龙要大得多。科普用钢卡尺量了一下，然后在速写本上计算了一番，摇头说："简直不可能。"接着他重新测量了一遍。然后站起来看着远处岩石遍地的平原，仿佛期待一头巨型恐龙迈着撼动大地的步伐出现在他眼前。他对约翰逊说："如果我们发现了这种恐龙，就意味着我们只能摸索着寻找有用的资料。你和我是有史以来最先看到这些牙齿的人。它们会改变我们对恐龙的种种认知，我不得不说，当我们意识到曾经存在过如此巨大的野兽时，人类变得更加渺小了。"

约翰逊现在明白了，科普在考察中所做的一切——甚至包括约翰逊自己做所的一切——对未来科学都是有意义的。

"去拿你的相机，"科普对他说，"我们必须记录目前的状态和周边地形。"

约翰逊去高处取他的设备。当他小心翼翼地踩稳了脚步下来的时候，科普还在摇头："光从牙齿还不足以判断，也可能是异速生长的因素在误导我。"

约翰逊问："估计有多大？"他看了一眼素描本，本子上现在全是算式，其中一些被涂掉重新计算过。

"七十五，也可能是一百英尺长，头距地面约三十英尺。"

他将这种恐龙命名为雷龙——"雷霆蜥蜴"的意思，因为它走路的时候很可能发出雷鸣般的声音。科普又说："也许我该叫它谬龙，或者'不存在的蜥蜴'。因为很难相信这样的生物居然存在……"

约翰逊拍了好几张湿版照片，远景近景都有，每一张都把科普拍进去了。他们迅速回到营地，把这个发现告诉其他成员。在暮色中，他们步测出了雷龙的大小——长度相当于三辆马拉的车子，高度相当于四层楼。大家不禁浮想联翩。种种迹象都令人惊讶，科普称："这一发现是我们在西部这段时间最大的回报。"因为大家"有了重大发现"。他还说："这些牙齿，俨然就是'龙牙'。"

但是他们还预料不到这些牙齿即将带来的麻烦。

篝火旁

每当有新发现时，科普都会召集大家围坐在篝火旁冷静思考一番。每个人都检查了那些牙齿，他们抚摸着牙齿上凸起的线条和圆点，又掂了掂重量。体形巨大的雷龙能被发掘出来，大家在不同程度上都有些怀疑。

“自然界还有很多东西是我们无法想象的，”科普说，“在这头雷龙生活的时代，冰川消退，整个地球都变成了热带地区。当时格陵兰岛上长着无花果树，阿拉斯加长着棕榈树。美洲平原上遍布广阔的湖泊，你们现在所坐的地方是湖底。我们之所以能找到这些化石是因为动物们死了之后沉入湖底，淤泥层层堆积在尸体上，随后这些沉积物被压缩成石头。但要不是我们找到了这些证据，谁会相信还有这种动物的存在呢？”

没有人说话。所有人都看着噼啪作响的篝火。

“我今年三十六岁，”科普说，“在我出生的时候，人们还不知道有恐龙。一代一代的人类出生又死去，大家住在这个星球上，没有任何人设想一下，很久很久以前，地球被某种巨型蜥蜴统治着，而且统治了数百万年之久。”

乔治·莫顿咳嗽了一下：“那么人类呢？”

一阵令人不安的沉默。绝大部分有关进化论的讨论都回避了人类的问题。达尔文本人在自己的著作出版后的十多年里也从不提人类的进化问题。

“你知道德国人在尼安德河谷发现了什么吗？”科普问道，“不知道吗？嗯，在1856年，人们在德国发现了一具完整的颅骨——骨骼沉重，有着突出的眉骨。关于那片地层有些争议，但至少看起来颅骨很古老。1863年，我在欧洲亲眼看到过它。”

“我听说尼安德河谷的那具颅骨是猿类的，或者可以算作退化的人的。”斯滕伯格说。

“不尽然，”科普说，“杜塞尔多夫的费恩教授发明了一种新的方法来测量脑容量。那个办法很简单：在颅骨内装满芥末籽，然后将这些芥末籽倒进量杯里。这种测量方法表明，尼安德河谷那具颅骨的脑容量比我们这些现代人的脑容量还大。”

莫顿问：“你是说尼安德河谷的那具颅骨属于人类？”

“我也不确定，”科普说，“但是既然恐龙是进化来的，蛇是进化来的，马之类的哺乳动物是进化来的，那么为什么只有人类一出现就是现在的样子，没有任何祖先呢？”

“你不是贵格会信徒吗，科普教授？”

对大部分教派来说，科普的理念都难以接受，包括教友派。教友派就是贵格会的正式名称。

“也许我不是信徒，”科普回答，“宗教是用来解释人类所不能解释的东西的。但是当我看到眼前这些东西的时候，我的宗教信仰立刻说我是错的，我没有看到全局……所以我不再是贵格会信徒了。”

离开劣地

8月26日的早上特别寒冷，考察队出发前往牛岛。牛岛位于密苏里河畔延绵两百多英里的沙洲之间。密苏里大峡谷在两岸形成了天然的屏障。这趟行程他们要走一天。牛岛也是蒸汽船的停靠码头，科普计划在牛岛搭乘从圣路易斯开来的蒸汽船。他们很担心印第安人，所以着急离开，但是他们要装车携带的化石太多了，所以只能分两次搬运。科普在装着雷龙牙齿的那个最重要的箱子上标记了一个很小的X。

“我把这一箱留下，第二趟再搬。”科普说。

约翰逊不明白。为什么不第一次就搬了？

“我们第一趟行程很可能被抢劫，还是放在这里比较安全。”科普说，“再说也许我们可以从牛岛再找几个人来当保镖。”

他们的第一趟行程很平稳，下午时分他们就到了牛岛，而且和驻扎在当地的军队一起吃了晚餐。马什那伙人已经乘坐前一趟蒸汽船沿河而下了，临走前还警告军队的人小心“科普那群阴险可怕的混混，他们可能稍后就来”。

劳森队长笑着说：“马什对你们真是没有丝毫好感。”

科普表示，的确如此。

蒸汽船本来是两天一趟，不过有时候也没个准，尤其在这种年末时节。他们计划第二天迅速返回位于平原上的营地，最后一次搬东西。科普留在牛岛重新打包化石以便装船，小风和厨子大清早就跟斯滕伯格一道驾车回营地。

但是到了次日早上，斯滕伯格突发疟疾，起床的时候感觉忽冷忽热。艾萨克很怕印第安人，所以不肯回去。但是厨子和小风单独行动又无法让人放心。所以必须找个人当这趟行动的领队。

约翰逊说：“我去吧。”

他一直在等这种机会。在荒原上度过的这个夏天让他变得坚强多了，不过他依然是在经验更丰富的长辈手下干活。他希望有个独立行动的机会来让自己的夏季冒险完美结束。

托德也是一样的想法，他赶紧说：“我也去。”

“你们两个不能单独去，”科普说，“我这边人手不够了。这里的士兵都抽不开身。”

“我们不是单独去，我们跟厨子和小风一起。”

他们在一片漆黑中前进。

约翰逊驾车，小风在前面几步远的地方走着，手里拿着一根长棍子和一把石头。当他看不清前面的时候，就丢几块石头。

有时候那些石头似乎要过很久才能落地，传回来的声音是遥远空洞的回音。这时候小风就再往边缘处走几步仔细观察。然后他会让马车往另一边走。

这个过程非常累人而且慢得让人受不了。约翰逊简直不敢相信他们一小时才走了几百码。这似乎毫无意义。黎明时分，那些印第安人就会从悬崖上下来，找到他们的车辙印，然后过几分钟就会找到他们。

腿上的抽痛特别厉害的时候，约翰逊会问："这是在干什么？"

"看天。"小风回答。

"我看见天了。天很黑，天是黑的。"

小风没说话。

约翰逊追问："天上到底怎么了？"

小风没有解释。

黎明时分，天下雪了。

他们到了劣地边缘处的熊溪，这时他们停下来饮马。

“这些是已经灭绝的动物的骨头。”

“不可能。”

科普问：“为什么不可能？”

“你敬畏上帝吗？”

“我敬畏他。”

“你相信上帝是完美无缺的吗？”

“是的，我相信。”

特拉维斯再次笑了：“那你必须承认，根本就没有任何灭绝的动物，因为完美无缺的上帝绝不会让他的造物消亡。”

“为什么不会呢？”科普问。

特拉维斯不耐烦地回答：“就是不会。”

“你刚才跟我说了你对上帝及其造物的信赖。不过万一上帝是一个阶段一个阶段地逐渐完成自己的完美作品呢？让过去的生物灭绝是为了创造更好的生物？”

“人才会做这种事，因为人是不完美的。上帝不会这样，因为上帝是完美的。毫无疑问上帝只有一次创造。你难道认为上帝在创世时犯了错误吗？”

“他造了人，你刚刚说过人是不完美的。”

特拉维斯瞪着他说：“你就是那种知识分子，专门教唆那些傻子偏离正道，相信歪理邪说。”

科普懒得跟他争论这种神学话题。他生气地说：“受过教育的傻子总比没受过教育的傻子好。”

“你干的是魔鬼的工作。”特拉维斯说着踢了其中一个化石箱子。

“你敢再踢一次，我就揍得你满地找牙。”科普说。

特拉维斯果然又踢了一次。

后来科普在给妻子的信件中这样写道：

接下来发生的事情让我无比惭愧，也找不到任何借口，我只能说我尽心竭力收集了这些化石，它们的价值无法估量，而我本人在劣地经历了一个夏天的酷热、蚊虫和盐碱之后感到身心疲惫。如今被这个愚蠢的人挑衅，我实在有些受不了，于是失去了耐心。

莫顿如此描述了接下来发生的事情：

科普毫无预兆地扑向特拉维斯，把他揍得几乎失去知觉。整个过程顶多花了一分钟，因为当时科普教授完全变身为拳击手了。他每打一拳就会说：“你竟敢动我的化石！好大胆！”然后不时轻蔑地加上一句

“还敢提宗教！”。最终是当地士兵把科普和那个可怜的摩门教徒拉开的。其实那个人也没说什么大不了的事情，不过是绝大部分人所公认的理念而已。

在1876年，事实的确如此。19世纪上半叶，托马斯·杰弗逊谨慎地收回了自己关于“化石表明曾有动物灭绝”这一观点。在杰弗逊的时代，公众认为所谓生物灭绝完全是异端邪说。后来，在很多地方观点有所改变，但并不是全面地改观。美国有些地方依然存在对进化论的争议。

在科普打完架之后不久，蒸汽船“丽兹B”号转了个弯，拉响汽笛提醒大家船来了。所有人都看着那艘船，只有一个士兵转头看着平原的方向，他喊道：“看！有马！”

确实有两匹马从荒原的方向跑来，但是没有骑手。

“我当时就有种不好的预感，”科普在日记中写道，“想来肯定情况不妙。”

他们赶紧骑马去迎接那两匹马。走近了之后，他们看到厨子奄奄一息地趴在马背上紧紧抓着马鞍。他身上插着六七支印第安人的箭，血不断从伤口涌出。另外一匹马是约翰逊的，马鞍上有血，箭扎进皮革里。

士兵把厨子搬下来，让他躺在地上。他嘴唇肿胀，干得裂开了，大家拿水壶给他喝了一点水，他总算能说话了。

科普问他："怎么回事？"

"印第安人，"厨子回答，"该死的印第安人，我们没有办法——"

他断断续续地咳血，痛苦地蜷缩起来，再后来就死了。

科普说："我们必须立刻回去救人，还要找到我们的骨头。"

劳森队长摇头。他从马鞍上拔出一支箭。"这是苏族人的箭。"

"那又怎么样？"

队长冲着平原的方向点点头："教授，谁都回不来了。我很抱歉，但是就算你找到你的朋友，他们肯定也被剥了头皮，砍得稀烂地被丢在平原上了。而且你很可能根本找不到他们。"

"我们肯定要做点什么才行。"

"埋葬这个人，为他和其他死者念一段祈祷。"劳森队长回答。

次日早晨，他们心情沉重地将化石抬上蒸汽船，然后沿密苏里河而下。离他们最近的电报局在达科他领地的俾斯麦市，要沿密苏里河往东走五百英里才能到。当"丽兹B"号蒸汽船在俾斯麦市停靠时，科普给住在费城的约翰逊一家发了如下电报：

我无比沉重地向您告知令郎威廉的死讯，他与另外三人于昨日（8月27日），在蒙大拿领地的朱迪斯盆地平原遇害，死于苏族印第安人之手。致以我深切的哀悼。

古生物学家　爱德华·德林克·科普

P A R T

3

龙 牙

荒原上

摘自威廉·约翰逊的日记：

8月27日我们兴高采烈地回去取剩下的化石。我们这个小队总共四人：克劳族的小风当向导，托德和我则跟在他后面随时注意前方的路，最后是厨子，也是我们的车夫，他驾车穿过平原的时候一直在咒骂、抽打他的马。我们要走十二英里才能到达平原，然后再走十二英里回来。我们骑得很快，这样才能确保在天黑前返回牛岛。

这天早晨天气晴朗，有些寒意。羽毛状的卷云飘在蓝色的天空中。落基山就在我们正前方，山上白雪皑皑，积雪范围已经从山顶扩展到了山谷裂隙里。平原上的草在风中沙沙作响。一群群浅色的美洲羚羊在遥远的地平线处跳跃。

托德和我想象自己是先驱者，率领着属于自己的小队深入荒野，勇敢面对种种惊喜和危机。对我们两个从东部大学里来的十八岁年轻人来说，这件事还是非常激动人心的。我们在马背上坐得笔直，眯起眼睛远眺地平线。我们的手一直扶着枪套，始终保持警惕。

这天早上，我们看到了很多兽群——不光是羚羊，还有麋鹿和野牛。这些动物比我们前几周在平原上见到的动物加起来还多，我们两个说了一下这件事。

很快，我们离营地不远了——大概还有六英里——这时候厨子突然叫我们停下。“还没到营地，不用停下。”我说。

厨子说：“我叫你停就停，你个兔崽子。”

我转头一看，厨子正举着枪瞄准我们上半身。他应该是当真的。于是我们停下了。

我大声问他：“怎么回事？”

“闭嘴，你这个什么都不懂的兔崽子。”厨子骂骂咧咧地从马车上爬下来，“下马，小子们。”

我看了看小风，他却不肯看我们。

厨子吼道：“快，下马！”于是我们下马了。

“为什么这么生气？”托德不停地眨眼睛。

“完蛋了，小子们，”厨子大力摇头，“我要跑了。”

“跑？”

“你们笨得连眼皮子底下的东西都看不到，那我也没办法了。你们今天看到那些动物了？”

“动物又怎么了？”

“你们不想想，为什么会冒出来这么多动物？因为它们正在被驱赶到北方。看那里。”他指向南边。

我们往那个方向看。远处有数条烟带升上天空。

“那是苏族的营地，你们这些蠢货。那是坐牛。”厨子夺去了我们的马。

我又仔细看了看。那些篝火——如果真的是篝火的话——都离得很远。“那边离我们这里至少有一天的距离。”我反对他的说法，“我们完全可以走到营地，取回化石返回牛岛，时间足够。”

“你们走前面。”厨子说着骑上托德的马，同时牵着我的马。

我看了看小风，但他还是不肯看我的眼睛。他摇摇头：“今天日子不好。苏族士兵都在坐牛的营地里。会杀死所有的克劳人。杀死所有的白人。”

“你听见了，”厨子说，“我很在乎我的脑袋。再见了孩子们，走吧小风。”说完他就往北跑去。不一会儿，小风也跟他一起跑了。

托德和我站在马车旁看着他们两个离开。托德说：“他们计划好的。”他朝着那两人的背影挥了挥拳头：“浑蛋！浑蛋！”

我的好心情也烟消云散了。我意识到眼下处境不妙——我们两个新手被丢在西部的大荒野上。“现在怎么办？”

托德还是很生气：“科普提前付钱给他们了，不然他们才不会跑呢。”

“我知道，”我说，“可是我们现在该怎么办？”

托德眯起眼睛看着南边的烟雾：“你真的觉得那些帐篷离营地有一天的距离？”

“我怎么知道？”我冲着他喊，“我以为这么说他们就不会跑了。”

托德说：“那些营地很大的印第安人，比如说坐牛这种，会在远离大本营的地方打猎巡视。”

“那是多远？”我问。

“有时候是在距离营地一两天路程的地方。”

我们再次看着那边的烟火。托德说：“我估计有六堆篝火，所以那里不是大本营。他们的大本营应该有一百多堆篝火。”

我下定了决心。我必须带着化石回到牛岛，否则我没脸见科普教授。于是我说：“我们去拿化石吧。”

“好。”托德说。

于是我们爬上马车继续西行。我此前从未驾驶过马车，不过我的驾车技术还过得去。托德在我旁边紧张地吹口哨，他说：“我们唱个歌吧。”

“算了。”我说。于是我们提心吊胆、安安静静地驾着马车。

结果他们迷路了。

他们头一天留下的车辙印本应很容易找到，但由于荒野真的很大，周围毫无标志物，所以他们不断地迷路。

他们本来计划中午之前到达营地，结果直到那天下午很晚他们才找到营地。然后他们把差不多总共一千磅重的化石箱子装上马车，连同剩下的补给品和约翰逊的摄影器材都一起装上去。约翰逊很高兴他们回到了营地，在众多装化石的木箱中，他们把那个标记了X的箱子也装上了车，那个箱子里装的是珍贵的雷龙牙齿。“绝不能忘了这个。”他说。

但是当他们准备返回的时候，已经是下午四点了。天变黑了。

他们很清楚自己绝对没办法在晚上找到去牛岛的路。也就是说，他们必须在这里过一夜——第二天，迁徙的苏族人说不定会发现他们。就在他们争论该怎么办的时候，忽然听见了一阵让人全身冰凉的野蛮叫喊声——是印第安人。

“我的天哪。”托德说。

很多马匹掀起大量灰尘，接着骑手出现在东边的地平线上。那些人朝他们冲了过来。

约翰逊和托德赶紧爬上马车。托德给来复枪上了膛。

“我们有多少弹药？”约翰逊问。

“肯定不够。”托德两手发抖，把子弹都弄掉了。

叫喊声更近了。他们看到有个骑手伏在马背上，身后有十几人在追赶他。周围没有枪声。

“也许他们没有枪。”托德又有了些希望。与此同时，第一支箭从他们身边呼啸而过。“快走！”

“往哪儿走？”约翰逊说。

“随便！离开这群人就行！”

约翰逊朝着马挥了挥鞭子，马匹以前所未有的积极态度响应。马车以飞快的速度轰隆隆地动起来，颠簸着从平原上跑过，不时打个滑，发出嘎吱的声响。天色逐渐变暗，他们一路西行，远离密苏里河和牛岛，远离了科普教授和安全的行程。

印第安人离他们越来越近。骑马跑在前头的那个人现在已经赶上了他们的马车，约翰逊和托德发现那人就是小风。他大汗淋漓，马也口吐白沫。小风跑到马车旁边后敏捷地跳上车。他用力地拍了下他刚才骑的马，让它往北方跑去。

一群印第安人追着那匹马跑了，但是剩下的大部队依然在追赶马车。

“苏族去死！去死吧，苏族人！”小风边喊边拿出来复枪。更多的箭矢从空中飞来。小风和托德朝着追赶而来的印第安人开火。约翰逊回头看到后面至少有十几个印第安战士。

那些人越来越近，很快就将马车三面包围起来。托德和小风不断开火，他们俩同时击中了一个人，那人仰面摔下马去。接着又有一个人追上来，托德小心地瞄准、开枪，那个苏族战士紧闭双眼朝前扑倒，双手无力地垂下，然后从侧面摔下了马。

另有一个印第安人企图像小风那样爬上马车，他扔出战斧打算干掉约翰逊，但是被小风一枪打在嘴里。与此同时战斧的刀刃割伤了约翰逊的上嘴唇，那个印第安人的脸变得血红，朝后一倒，摔下马车，跌进灰尘中。

约翰逊捂着流血的嘴，但是现在没时间害怕了。小风对他说：“你往哪儿去？去南边！”

“南边是劣地！”这时候天已经完全黑了，晚上去遍布悬崖和沟壑的劣地无异于送死。

“去南边！”

“去南边我们会死的！”

“反正都会死！往南走！”

这时候约翰逊想起了自己之前听过的那些事。他们唯一的希望，唯一一点渺茫的希望，就是去印第安人不会去的方向。他驱赶马匹往南边的劣地驶去。

他们面前是一片开阔的平原，那些印第安人叫喊着从四面八方围上来。一支箭射中了约翰逊的大腿，把他的裤腿钉在了马车的木头凳子上，但是他没感觉到疼，于是继续赶着马车前进。夜色越来越深，他们的枪每次开火时都发出明亮的火光。印第安人意识到了他们的计划，于是更加拼命地追赶他们。

渐渐地，约翰逊可以看到平原边界处劣地上那些被侵蚀的地形线条了。平坦的地面仿佛突然隐入虚无的黑暗中。他们以吓人的速度飞奔。

“抓紧了，小子们！”约翰逊丝毫没有放慢速度，马车陡然跳过某个边缘，坠入彻底的黑暗中。

劣　地

危险的月光下一片寂静。

有水从他脸上流过，流到了嘴上。他睁开眼睛，看到小风正俯身看他。约翰逊抬起头。

马车端端正正地立着。马在轻轻打着响鼻。他们正在一座黝黑的悬崖下方，高处模糊可见。

约翰逊觉得腿上一阵刺痛。他想动一下。

“别动。”小风的声音很严厉。

“哪里不对——”

“别动。”小风再次说道。他放下水壶，然后又拿出另外一个水壶。“喝。”

约翰逊喝了一口，马上咳嗽着吐出来。威士忌灼烧着他的喉咙，其中一些溅到嘴唇上，嘴唇上的伤口也疼起来。

“再喝点。”小风说。他把约翰逊的裤腿割开，约翰逊忍不住去看。

小风说：“别看。”但是已经晚了。

那支箭刺进了他右腿的肌肉里，穿透皮肤把他钉在了凳上。伤口周围的肉青紫肿胀，十分难看。

约翰逊觉得一阵眩晕恶心。小风对他说：“等一下。喝了。”

约翰逊喝了一大口。眩晕的感觉又回来了。

小风说：“我来收拾。”他看了看约翰逊的腿：“你别看。”

约翰逊只能看天和月亮。天上有很淡的云飘过。威士忌的劲头上来了。

“托德呢？”

“安静点。不要看。”

“托德还好吗？”

“不用担心。”

“他在哪里？让我跟他说话！”

小风说：“你现在会觉得疼。”他好像全身紧张起来。接着传来一个吓人的声音。约翰逊感到一阵剧痛，疼得他叫了起来。他的声音在悬崖之间回荡。随后他感到一阵灼热，灼热的疼痛感让他更加痛苦，他叫不出声了，只能勉强吸气。

小风拿着那支箭，在月光下也能看到上面血淋淋的。

“完成了。我完成了。”

约翰逊想站起来，小风把他按回去，又把箭递给他：“你留着。”约翰逊觉得伤口里涌出热乎乎的血，小风从自己的大手帕上撕了一块下来给他包扎。

“好。现在好了。”

约翰逊慢慢站起来，一阵疼痛袭来，但他还能忍。他基本没事了。“托德呢？”

小风摇摇头。

托德躺在马车后面，一支箭从侧面穿透了他的脖子，另有两支箭插在他的胸口。托德的眼睛看着左边，嘴巴大张着，仿佛不敢相信自己死了。

约翰逊此前从未见过死人，他为托德闭上眼睛，转身离开的时候有一种非常奇怪的感觉。他置身于与世隔绝的西部荒野上，和一个印第安人向导在一起，而且随时都有生命危险，但是他不怎么悲伤。他的头脑拒绝接受这一现实。他要找些事情做，于是他说：“我们把他埋了吧。”

“不！”小风似乎很恐惧。

“为什么？”

“苏族人会找到他。”

“我们把他埋了就不会了，小风。”

“苏族会找到这里，他们把他挖出来，剥头皮，砍手指。女人也会来，会拿走更多东西。”他指指自己的胯部。

约翰逊不禁一抖。“苏族人现在在哪里？”

小风指了指悬崖上方的平原。

“他们是走了还是没走？”

“没走。他们早上来。可能会带来更多人。”

约翰逊觉得一阵疲惫，他的腿开始抽痛起来。“天一亮我们就走。”

“不，我们现在就走。”

约翰逊看看天，云层更厚了，月亮周围有个淡蓝色的光晕。

“再过几分钟就全黑了。星光都没有了。”

“必须走。”小风坚持道。

“我们活到现在已经是个奇迹了，我们不可能在黑夜里穿过大荒原。”

“现在走。”小风再次说道。

“我们会死的。”

“反正都会死。现在走。”

他们在一片漆黑中前进。

约翰逊驾车，小风在前面几步远的地方走着，手里拿着一根长棍子和一把石头。当他看不清前面的时候，就丢几块石头。

有时候那些石头似乎要过很久才能落地，传回来的声音是遥远空洞的回音。这时候小风就再往边缘处走几步仔细观察。然后他会让马车往另一边走。

这个过程非常累人而且慢得让人受不了。约翰逊简直不敢相信他们一小时才走了几百码。这似乎毫无意义。黎明时分，那些印第安人就会从悬崖上下来，找到他们的车辙印，然后过几分钟就会找到他们。

腿上的抽痛特别厉害的时候，约翰逊会问："这是在干什么？"

"看天。"小风回答。

"我看见天了。天很黑，天是黑的。"

小风没说话。

约翰逊追问："天上到底怎么了？"

小风没有解释。

黎明时分，天下雪了。

他们到了劣地边缘处的熊溪，这时他们停下来饮马。

“下雪好。”小风说，“胡克帕哈德战士看到下雪就以为很容易追踪我们。他们烤火等天亮，离早晨还有两小时。”

“与此同时我们可以逃命。”

小风点头：“逃命。”

他们从熊溪开始往西走，以最快速度穿过开阔的平原。马车在平原上颠簸，约翰逊的腿疼得要命。

“我们现在往哪里走？本顿堡？”

小风摇头：“白人都去本顿堡。”

“你是说苏族人就等着我们去本顿堡？”

小风点头。

“那我们去哪儿？”

“神山。”

约翰逊警觉地问：“什么神山？”

“伟大灵魂的雷霆之山。”

“为什么去那里？”

小风没回答。

“这里去神山有多远？到了神山之后我们又做什么？”

“四天。你等着。”小风说，“很多白人都在那里。”

“你为什么去哪里？”

约翰逊注意到小风的鹿皮上衣染上了血，还渗出红色。

“小风，你受伤了吗？”

小风以高亢的假声开始唱歌。他没有再说话。

他们转往南边行驶，穿过平原。

第三天晚上，小风无声无息地死了。约翰逊早上醒来，发现他僵硬地躺在已经熄灭的篝火旁，脸上覆盖着白雪，全身冰冷。

约翰逊拿来复枪当拐杖，勉强将小风的尸体拖进马车和托德的尸体放在一起，然后继续驾车上路。他发烧了，肚子很饿而且常常神志不清。他知道自己肯定迷路了，但是他也不在乎。他提醒自己一定要坐着，他的精神已经从这场折磨中抽离出来，形成乱七八糟的幻觉。有时候他觉得马车正往费城的里滕豪斯广场走，但他却总也找不到自己家的房子。

第四天一早，他看见了一条清晰的车辙印——有马车刚刚驶过。那条车辙印往西行去，西边是一排低矮的暗紫色的山丘。

他走向山丘。在往前走的时候，他发现一些树木被砍掉了，还有一些树上刻着字母——这里显然有白人在活动。天气很冷，雪下得很大，当他翻过最后一条山脊时，他看到山谷里有一座村子——只有一条泥泞的街道和一个小广场，房子全是实用的木制建筑。他催马向那个村子走去。

就这样，1876年8月31日，饥寒交迫、差点死于过度劳累和大量失血的威廉·约翰逊带着一马车的恐龙骨头、一具白人尸体和一具印第安人尸体来到了死木镇。

死木镇

死木镇呈现出一片萧条的景象：一条街上全是原木建筑，四周都是光秃秃的山——树都被砍掉拿来镇上用了。所有的东西都覆盖着一层脏兮兮的雪。虽然外表不敢恭维，这个镇子却是个新兴都市。死木镇的主街道和那些别的矿业小镇没什么两样——有一家五金店、一家木器店、三家布匹店、四个马厩、六家杂货铺、一个华人聚居区（里面有四家华人洗衣店），还有七十五家酒吧。镇子的最中心矗立着一座两层带阳台的建筑——中心大酒店。

约翰逊摇摇晃晃地走上台阶，随后他只知道自己躺在酒店内垫了软垫的长凳上，酒店老板和一个戴着厚眼镜、头发油腻且稀疏的老头在照顾他。

那老头开玩笑道：“小伙子，我见过比你还惨的人，他们十有八九都活下来了。”

“有食物吗？”约翰逊声音沙哑地问。

“我们这里食物充足。我带你去餐厅吧，这就给你拿吃的。你有钱吗？”

一小时后，约翰逊觉得好多了。他吃完盘子里的东西抬起头问：“这个很好吃，它是什么？”

收拾桌子的那个女人回答：“水牛舌头。”

酒店老板的名字叫萨姆·珀金斯，他这时候进来了。和周遭粗鄙的环境相比，老板倒是相当礼貌了。“你需要个房间吧，年轻人。”

约翰逊点头。

“四美元，预先付钱。洗澡的话去街上的死木镇公共澡堂洗。”

“多谢了。”约翰逊说。

“你嘴上那个小伤口自己会好的，不过会留疤，但是你的腿需要找人看看。”

“没错。”约翰逊很疲倦了。

珀金斯问约翰逊是从哪儿来的。他说他是从蒙大拿领地的本顿堡附近的劣地那边来的。珀金斯显然不相信，不过只说了句那可真够远的。

约翰逊站起来问他有什么地方可以寄存马车上的箱子。珀金斯说他房子后面有地方放，那几乎都是供酒店住客使用的，钥匙只有他一个人有。“你要存什么呢？”

“骨头。”约翰逊回答。热腾腾的食物让他恢复了一些体力。

“你是说动物的骨头？”

“没错。”

“你要煮汤？”

约翰逊觉得这话不好笑。“对我来说那些骨头很有价值。”

珀金斯回答，死木镇肯定没人会去偷骨头。

约翰逊说自己为了这些骨头几乎是去鬼门关走了一趟，车上有两具尸体可以做证，他可不想再冒任何风险。所以骨头最好是锁在仓库里。

“你需要多大的空间？那个仓库没有谷仓大。”

“有十个大木箱装着骨头，还有其他一些补给品。”

“好，我们去看看。”

于是珀金斯跟着约翰逊来到街上看了看马车，然后点头。约翰逊搬箱子，珀金斯看着那两具被白雪覆盖的尸体。他把雪拨开。

“这一个是印第安人。”

“对。”

珀金斯瞅了一眼约翰逊：“他们两个死了多久了？”

“其中一个死了大概一周。这个印第安人是昨天死的。”

珀金斯挠挠下巴问："你想把你的朋友埋葬了吗？"

"我总算带他逃离了苏族人，所以确实应该下葬了吧。"

"镇子北边有个墓地。这个印第安人怎么办呢？"

"我想把他也埋了。"

"但是不能埋在墓地里。"

"他是蛇人。"

"那挺好，"珀金斯回答，"对活着的蛇人我们也没什么意见，但是你不能把印第安人埋在我们的墓地里。"

"为什么？"

"镇上的人不同意。"

约翰逊看了看周围完全没刷漆的木制建筑。这镇子还很新，应该不会这么快就在葬礼问题上形成共同意见，但他还是追问了为什么。

"他是异教徒。"

"他是蛇人。我之前没有埋葬他的理由跟我没埋葬这个白人的理由是一样的。如果苏族人找到了他们的坟墓，就会把他们挖出来碎尸。这个印第安人引导我到达安全的地方。我必须给他一个体面的葬礼。"

"真了不起，你要办葬礼什么的都随意。"珀金斯说，"只要别把他埋在镇上的墓地里就行。你肯定不想惹麻烦。不要在死木镇惹麻烦。”

约翰逊太累了，没心情跟他争。他把装化石的箱子搬进仓库，尽可能把它们码起来以少占空间，出去的时候确保珀金斯锁上了门。然后他请老板给他张罗了洗澡的东西，接着就去埋葬小风和托德了。

在镇子尽头的墓园给托德挖墓穴花了约翰逊很长时间。他先用镐头挖松地面，然后用铲子把夹杂着石头的土铲出来。他把托德从马车上拖下来放进墓穴，那具尸体看起来状况不太好，即使作为死人也很不好看。“对不起，托德。”他大声说，“一有机会我就会通知你的家人。”

当第一铲土覆上托德的脸时，约翰逊突然停了下来。我不是过去的我了，他心想。随后他把坟墓垒好。

然后他把小风的尸体带到镇子外，在一条岔道的旁边，在山坡上一棵茂盛的冷杉树下挖了一个墓穴。这个地方的土比较容易挖，他不禁想死木镇该把墓地建在这里。山坡朝向北边，从这个位置远眺，看不见任何白人定居点的痕迹。

之后他坐下大哭了一场，直到在外头冷得受不了了才回去。回到镇上之后他洗了个澡，小心地清理了伤口并重新包扎了伤腿，然后重新穿上沾满血迹的脏衣服。

酒店房间的洗手盆上方有一面小镜子，让他得以首次仔细观察自己嘴上的伤口。伤口的边缘开始愈合了，但是还没好全。那是一道很深的伤口。

原木的床框上只有一层薄薄的草垫，但他一口气睡了三十小时。

约翰逊的日记这样写道：

两天后，我下楼去酒店餐厅，发现自己成了死木镇的名人。菜是羚羊排，除了我，酒店里还有五个客人——都是矿工——他们给我倒满波本酒，七嘴八舌地问我最近的经历。就像酒店老板珀金斯先生一样，他们也特别礼貌，吃饭的时候所有人双手都放在桌上。不过我发现他们并不相信我的故事，这不是礼不礼貌的问题。

过了好一阵子我才明白个中原因——任何一个声称自己穿越蒙大拿进入达科他的人无疑都是骗子，因为走这条路线的人都被苏族人杀死了。但是自从我在马车上遇袭之后，我确实没有再遭遇任何印第安人。一定是在我们穿越平原的时候，坐牛的人都北上了。

然而死木镇的人都不相信我的话，大家都很在意我存放的“骨头”。有个客人特别感兴趣，也很难缠，他叫“烂鼻子”杰克·麦考尔，这个绰号大概是在酒馆斗殴的时候留下的。烂鼻子有一只眼睛往左斜视，而且呈浅蓝色，看起来像猛禽的眼睛。也不知道是眼睛的原因还是怎么回事，总之这个人很刻薄，但也不如他的同伴布莱克·迪克·柯里刻薄。柯里左臂上有个文身，绰号叫“矿工之友”，但这个绰号跟他本人全然不搭边。我问珀金斯他为什么叫“矿工之友”，珀金斯说这是个笑话。

“为什么是笑话？”我问。

珀金斯解释：“大部分人都怀疑柯里三兄弟——迪克、克莱姆和比尔是强盗，专门抢劫从死木镇去拉勒米和夏延的驿站马车和淘金船。当然谁也没有真凭实据。”

“这里离夏延很近吗？”我忽然有些激动，同时第一百次地气恼自己缺乏地理常识。

“离任何地方都是一样近。”酒店老板回答。

“我想去夏延。”我说。

“没有人会拦你，是吧？”

约翰逊想起了吕西安娜，不禁兴高采烈起来。他回自己房间收拾行李，但是打开门之后，发现他的房间被人动过了，他的私人物品散落一地。钱包不见了，所有的钱都没了。

他下楼去前台找珀金斯。

“我被抢了。”

“怎么可能？”珀金斯说完陪他上楼，冷静地环顾了房间之后，他说，“不过是一些好奇的男孩子，想来验证一下你说的故事罢了。他们没拿走任何东西，对吧？”

“拿了，我的钱包被偷了。”

“怎么可能？”珀金斯说。

“钱包本来就在房间里的。”

“你把钱包留在房间里了？”

“我只是下楼吃个晚餐而已。”

珀金斯严肃地说：“约翰逊先生，你这是在死木镇。你必须时时刻刻看紧你的钱。”

“我看紧了。”

“这就是问题所在啊。”珀金斯说。

“你赶紧通知镇上的治安官，然后报案。”

“约翰逊先生，死木镇上没有治安官。”

“没有治安官？”

“约翰逊先生，就在去年，这个地方还没有镇子。我们还没时间去雇一个治安官呢。再说，我觉得镇上的小伙子肯定也不同意这个事。他们肯定会杀了治安官的。就在半个月之前，比尔·希科克刚被杀死。”

“怀尔德·比尔·希科克？”

“就是他。”珀金斯便开始讲述，希科克在纳托尔和马恩的酒馆打牌，杰克·麦考尔进去一枪打穿了他的后脑勺。子弹穿透希科克的头，还打伤了另一位客人的手臂。希科克来不及摸枪就死了。

“是跟我一起吃饭的那个杰克·麦考尔吗？”

“就是他。大部分人认为是有人雇杰克去杀死怀尔德·比尔的，因为有人担心希科克真的当上治安官。所以我觉得现在没人想接手这个职位。”

“谁在这里执行法律呢？”

“没有法律，”珀金斯说，“这里是死木镇。”他说得很慢，仿佛在教一个笨小孩。“要是哈伦法官没喝醉的话，倒是可以搞搞法律，但除此以外完全没有法律，大家就喜欢这样。哼，死木镇的每一家酒店都是违法的，这里是印第安人的地盘，在印第安人的地盘上不能卖酒。”

“好吧，”约翰逊说，“那么电报局在哪里呢？我给我爸发个电报，让他拿钱来，结账，走人。”

珀金斯摇头。

“没有电报局？”

“在死木镇是没有的，约翰逊先生，至少目前没有。”

“那我钱被偷了该怎么办？”

“确实不好办，”珀金斯表示同意，“你在这里住了三天，房费六美元，今天的晚餐再加一美元。你的马放在科洛内尔·拉姆齐家对吧？”

“对，就在街上那家。”

“嗯，他的收费是每天两美元，所以你一共要给他六美元或者八美元。也许你把马车和马都卖给他就算抵账了。”

“我要是把车子和马都卖了，要怎么带上那些骨头离开？”

“这是个大问题，”珀金斯说，“大问题。”

“我知道这是大问题！”约翰逊嚷起来。

珀金斯安慰他道：“好了，约翰逊先生，冷静一下。你还是坚持要去拉勒米或者夏延吗？”

“没错。”

“那可千万不能驾马车去。”

“为什么？”

“约翰逊先生，我们还是下楼去喝杯酒，慢慢说吧。有些事情你可能还不了解。”

事情是这样的：

有南北两条路可以通往死木镇。约翰逊能轻松进入死木镇是因为他走了北边那条路。没有人走北边那条路，因为很难走，而且北边都是充满敌意的印第安人，所以那条路上自然也没有强盗和土匪。

但是通往拉勒米和夏延的却是南边那条路。那条路上全是小偷和盗贼。有时候他们会打劫那些来碰运气的移民，不过更多的是瞄准了那些离开死木镇南下的人。

另外，那条路上也有印第安人拦路抢劫，他们有白人强盗帮忙，比如臭名昭著的“柿子比尔”。据说那年上半年，他领着那些野蛮人在红峡谷屠杀了所有梅茨党的人。

那年开春的时候，驿站马车通行至此，还有一个带枪的卫兵或信差骑马跟随。但很快守卫增加到了两人，然后增加到了三人。最后守卫至少要四个人。淘金马车每周往南走一次，每次走的时候都要带十二个全副武装的守卫。

即使如此，他们还是时不时会遭劫。有时候他们只能逃回死木镇，有时候人都被杀死，金子也被抢走。

“连守卫都被杀死了吗？”

“守卫和乘客全部被杀，”珀金斯说，“这些强盗从来不留活口。他们就是这样行事的。”

“太可怕了！”

“对。而且很坏。”

“那我怎样才能离开？”

“嗯，我正在跟你讲呢，”珀金斯耐心地说，“进入死木镇比离开死木镇简单得多。”

“我该怎么办？”

“嗯，等开春了，事情平息一些再说吧。据说富国银行要开通一趟新的驿站马车，他们对付强盗暴徒挺有经验的。到时候就比较安全了。”

“等开春？现在才9月啊。”

“是啊。”珀金斯说。

“你是想说，我必须在死木镇住到明年春天？”

“应该是的。”珀金斯说着又给他倒了一杯酒。

死木镇的生活

那天晚些时候发生了一场枪战，约翰逊一整夜都睡得很不安稳。第二天他头疼欲裂地醒来，珀金斯给他倒了杯浓浓的黑咖啡。之后他出门去看能不能找点活干。

夜里的雪都融化了，街上是及脚踝深的烂泥，木制建筑被染上湿气。死木镇这时看起来特别让人沮丧，然而此后还有六七个月的沮丧日子在等着他。约翰逊看见一个死人仰面躺在泥泞的街道上，心情更加低落了。苍蝇嗡嗡地绕着尸体飞，三四个本地人站在一旁，边抽烟边谈论此人生前的事，但是谁也不打算去挪动尸体，过往的马队直接从尸体上踩过去。

约翰逊上前问："怎么了？"

"他叫威利·杰克逊，他昨晚跟人吵起来了。"

"吵起来？"

“我估计他肯定是跟布莱克·迪克·柯里发生了矛盾，然后他们两个到街上来解决问题。”

另一个人说：“威利总是喝太多。”

“你是说迪克杀了他？”

“这种事也不是第一次发生。迪克喜欢杀人。一有机会就杀人。”

“你们就打算把他丢在这儿？”

其中一个人说：“我也不知道谁会来把他搬走。”

“他没有亲戚拖累。虽然有个哥哥，但是两个月前死于痢疾。他们有一小块地，在往东几英里的地方。”

“那块地上有什么？”一个人点燃雪茄。

“什么都没有吧。”

“他一直运气不好。”

“是啊，威利一直运气不好。”

约翰逊说：“那尸体就摆在这里？”

另一个人拿拇指朝身后的商店比画了一下。商店牌子上写着“金辛洗熨店”。“他死在辛的店门口，辛会把他搬走的，不然没法做生意。”

“辛的儿子会来搬的。”

“他儿子搬不动吧，那孩子才十一岁。”

“哎呀，那小子可壮实了。”

“也没多壮实。”

“老杰克被车撞死的时候就是他去搬尸体的。”

“对，是他搬的。”

他们还在说个不停，但约翰逊已经走开了。

他到了科洛内尔·拉姆齐的马厩，打算把马车和马卖了。科普在本顿堡买这套马车的时候花了一百八十美元，约翰逊觉得自己至少能卖四五十美元。

然而科洛内尔·拉姆齐只出十美元。

在一番抱怨之后，约翰逊还是同意了这个价钱。拉姆齐说，因为约翰逊已经欠了六美元，所以先扣除那部分，然后才把四美元放在柜台上。

“这也太黑了。”约翰逊说。

拉姆齐默默地把其中一美元收回柜台里。

“你这是什么意思？”

“你侮辱了我。”拉姆齐说，“怎么样，还要再来一次吗？”

科洛内尔·拉姆齐身高六英尺，很难对付。他腰上还挂着一把长枪管的柯尔特六连发手枪。

约翰逊拿起剩下的三美元转身走了。

“你不是挺能说的吗，小浑蛋，”拉姆齐说，“我是你的话就学着闭嘴。”

“多谢你的建议。”约翰逊小声回答。死木镇的人都这么礼貌，甚至冷静得不正常，他渐渐明白了原因。

接下来他去了位于街道北端的黑丘陵陆路邮政公司。办事员告诉他去夏延的费用：普通车八美元，快车三十美元。

“快车为什么这么贵？”

“因为快车是六匹马拉的。普通车是两匹马拉的，速度慢。”

“就这点不同？”

“嗯，最近我们不怎么发普通车了。”

“哦。”

约翰逊说他有些货物需要托运。办事员点头：“很多人都有货物。如果是金子，就要按百分之一点五的比例收费。”

“不是金子。”

“嗯，那就是每磅五美分。你有多少货物？”

“大概一千磅。”

“一千磅！你到底要运送什么东西，居然有一千磅重？”

“骨头。”约翰逊回答。

“真是少见，”办事员说，“我也不知道能不能运。”他在纸上划拉了几个数字："这些骨头能不能放在车顶上？"

"应该可以。只要放稳了就行。"

五美分一磅，约翰逊算了一下，大概要花五十美元。

"八十美元，外加五美元装车费用。"

这比他预计的多。"五十美元货运费，三十美元车费。一共八十五美元？"

办事员点点头："要预订吗？"

"现在不用。"

"需要的时候再来吧。"他说完转身走了。

约翰逊正要离开，但忽然在门口停下："关于那个快车……"

"怎么了？"

"有多少次是顺利到达的？"

"基本上都顺利到达了，"办事员说，"快车是最好的了，毫无疑问。"

"那到底有多少次？"

办事员耸耸肩："大概五次里有三次顺利到达。有时候在路上会被抢，但是大多数情况还算好。"

"谢谢。"约翰逊说。

"不客气，"办事员回答，"你确定没在箱子里装金块吧？"

那个办事员不是唯一一个知道那几箱骨头的人。整个死木镇都知道，大家对此有各种猜测。有人说，约翰逊的车上之所以有个死掉的印第安人，是因为印第安人比白人更清楚在神圣的黑丘陵上哪里有金矿。那个印第安人给约翰逊看了金矿后，约翰逊就杀了他，还杀了自己的同伴，然后带着金子逃走了，现在他谎称那些箱子里都是骨头。

另外一些人则坚信箱子里不是金子，因为约翰逊根本没有去找街上那个试金师，不找试金师怎么能鉴别金子呢？不过那些箱子里肯定装满了值钱的东西，比如珠宝什么的，也可能是现金。

但如果是这样的话，他为什么不把钱和珠宝存进银行呢？所以唯一合理的解释是，那些箱子里装的是有明显特征的失窃财物，一旦拿去银行就会被识别出来。虽然不知道究竟是什么财物，但所有人都说是一大笔财物。

“我觉得你可能需要把这些骨头换个地方存放，”萨姆·珀金斯说，“大家都在说这个事。说不定他们会去偷仓库。”

“我能把那些放在自己的房间里吗？”

“要搬的话，你只能自己动手。”

“我不是要找人搬的意思。”

“那就随便吧。你想睡在满屋子的动物骨头中间，也无所谓。”

于是约翰逊就去搬了。他把十口大箱子都搬到楼上，仔细地靠墙码好，这下整个窗户都被挡严实了。

“当然了，大家都知道你把箱子搬去楼上了，”珀金斯跟在他身后，“他们更加怀疑箱子里都是宝贝了。”

“是啊。”

“靠墙那个位置虽然挺好，但是任何人都能打开那扇门。”

“我可以找根更粗的棍子把门顶住，就像马厩门那样。”

珀金斯点头：“你在屋里的时候倒是安全的，你出门的时候怎么办呢？”

“在这个地方打两个洞，一个打在墙上，一个打在门上，然后拉根锁链用挂锁锁起来。”

“你有结实的挂锁吗？”

“没有。”

“我有，我可以卖给你。十美元。是从苏城太平洋联合铁路公司的货车车厢上取下来的，那货车着火了。看起来不起眼，但很结实。”

“非常感谢。”

“你今后会更感谢我的，从经济方面来说。”

“没错。”

“我希望你能尽快找到工作，”珀金斯说，“你欠我一百多美元了。要想老老实实挣这笔钱可不容易。”

不用说约翰逊也知道。

“你会干什么工作？有用的工作。”

“整个夏天我都在挖地。”

“每个人都会挖地。到黑丘陵不就是为了挖地，也就是开矿。我问你有没有做饭、钉马掌、做木工之类的技能。”

“不会，我是个学生。”约翰逊看着那几箱化石，伸手摸了摸。他可以把化石留在这儿，自己坐驿站马车离开死木镇去拉勒米堡，到了拉勒米堡之后给家里发电报要钱。他可以告诉科普——如果科普还活着——化石丢了。他已经编好了一套谎话：他们中了印第安人的埋伏，马车翻进了峡谷，所有的化石不是丢了就是被摔碎了。事情很令人遗憾，但是他也无能为力。

反正他也不觉得这些化石有多重要，而且美国西部到处都是化石。随便朝哪个悬崖里一挖就能挖到这样或那样的化石。化石绝对比金子多。这点化石根本不重要。照科普和马什收集化石的速度，再过一两年，这些化石就会被人们彻底遗忘了。

随后他想到另一个主意：先把化石留在死木镇，去拉勒米，发电报要钱，要到钱之后返回死木镇，带上化石离开。

但是他明白，他要是活着离开了死木镇就再也不回来了。绝对不回来。他要么带上化石一起离开，要么丢下化石一个人逃跑。

“龙的牙齿。”他摸着箱子小声说，不禁想起发现它们时的情景。

珀金斯问：“什么？”

“没什么。”约翰逊说。不管怎么样，他也不能忘了这些化石的重要性。不光是因为它们都是他辛辛苦苦亲手挖出来的，也不光是因为他的朋友和同伴在发掘过程中为了这些化石而丢了性命，更是因为科普说过的话。

这些化石是地球上有史以来最大的动物的遗骸——科学界不知道这些动物，全人类都不知道，它们的遗骸在蒙大拿的劣地里被挖出来之后才为人所知。

“我特别想跑。”他在日记中写道：

我想把这些该死的石头丢在荒野中这个鸟不拉屎的小镇上。特别想。我想丢下这些东西回费城的家，再也不要想起科普、马什、岩层、恐龙种属以及其他任何乱七八糟的破事。但是我做不到，太可怕了。我必须把它们带回去，不然就得像母鸡孵鸡蛋一样时刻盯着它们。该死！

在约翰逊检查化石的时候，珀金斯指着防水布下面的一堆东西问：“这些也是你的吧？是什么呢？”

约翰逊心不在焉地回答：“是摄影器材。”

“你懂摄影？”

“懂啊。”

“很好。你的问题都解决了。”

“怎么回事？”

“我们这儿之前有个会拍照的人。去年春天，他带着相机走南边那条路离开镇子。他一个人骑着一匹马，跑到荒野里去拍照片。我也不知道为什么。荒野里什么都没有。后来驿站马车找到他的时候，他已经死了，很多秃鹫围着他。相机也摔碎了。”

“那他的湿版和化学试剂呢？”

“还在我们镇上呢，但是大家都不知道怎么使用。”

黑丘陵艺术馆

“时来运转也就是一瞬间的事情！”约翰逊在日记里写道：

我开了个工作室，名叫黑丘陵艺术馆。我的每一种缺点仿佛都大放异彩。此前我那些东部人的习惯被他们认为是娘娘腔，现在却成了艺术家气质。此前我对采矿兴致寥寥遭人怀疑，现在人人都放心了。此前谁都不找我做事，现在每个人都花高价找我拍照。

约翰逊在死木镇南边租了个地方，因为白天那里光线充足。死木镇的黑丘陵艺术馆开在金辛的洗衣店后面，生意非常好。

一开始每张照片两美元，后来客人多了，约翰逊涨价到三美元。他实在无法理解：“在这个蛮荒的地方，那些糙汉最大的愿望就是像个死人一样端坐着，拍张自己的照片，然后拿走。”

采矿工作非常艰辛。那些人冒着风险翻山越岭在这片荒野里寻找财富，但很显然只有极少数人才能成功。照片给这些背井离乡的人提供了某种有形的东西，他们过着疲惫且充满恐惧的生活，照片就像他们成功的证明，是一种纪念品，可以寄给他们心爱的人，或者只是一个简单的留念，让他们能够在这个飞速变化着、充满不确定性的世界里抓住某个瞬间。

约翰逊的业务不仅包括拍摄个人肖像。天气好的时候，他会去镇子外的砂金矿，给矿工拍摄工作场景，这种照片收费十美元。

另外，镇上做生意的人还请他去拍他们的店子。那些都是成功的小瞬间。9月4日，他简单地写道：

拍摄科洛内尔·拉姆齐马厩收费二十五美元，因为要用到“宽版”。但他不想给钱！光圈F11，曝光22秒，阴天。

他很高兴自己成了镇上的正式公民。日子一天天过去，“拍照仔”约翰逊（叫“摄影师”太麻烦了）成了大家的熟人，每个人都认识他。

有些来拍照的人也给他带来了麻烦。9月9日，他写道：

那个名声很坏的枪手烂鼻子杰克·麦考尔跑来抱怨他昨天那张照片不好。他把照片给情妇莎拉看，莎拉说照片不如真人。所以他跑来要求照个更好看的版本。麦考尔先生的脸长得像个斧头，一脸的冷笑简直能吓死牛，脸上满是麻子，还有一只眼睛往外斜视。我很礼貌地告诉他，我只能做到这样了。

他居然在艺术馆里拔出手枪，最终我只能同意免费再照一张。

他又坐下，但是想摆个不一样的姿势，比如手支着下巴。但这让他看起来像个忧虑、软弱的学者。这与他的身份完全不合，但是反正也没有人表示反对。然后我去了暗房，烂鼻子在外面，但他让我听见手枪填装子弹发出的咔嚓声——他是在等待这幅最新作品。这就是死木镇艺术评论家的本质，在这样的环境下，我的作品超出了我的期待。最终烂鼻子和莎拉表示满意，而我则出了一身冷汗。

约翰逊懂得一些简单的修片技术。只要善用铅笔，他就可以消除疤痕，还能调整人像上其他的缺陷。

也不是所有人都想找他拍照。

9月12日，约翰逊受人之托去拍摄镇上手风琴酒馆的内部场景。酒馆位于镇子大街的南端，那里可以喝酒赌钱。酒馆内部十分黑暗，遇到这种情况他通常会等几天，选光线强的日子拍照。于是几天之后天晴了，他带着自己的器材在下午两点来到酒馆，布置好一切之后准备曝光。

手风琴酒馆非常脏、乱、差，大门对面的墙边是一个长条形的吧台，屋里有三四张桌子可供打牌。约翰逊把屋里的窗帘一一打开，让光线透进来。客人们却开始叫骂。老板名叫利安德·塞缪尔斯，他喊道："先生们，别紧张！"

约翰逊蹲在照相机的黑布里准备拍照，有人突然问："你干什么呢，拍照仔？"

"拍照。"约翰逊回答。

"去死吧你。"

约翰逊出来一看，矿工之友布莱克·迪克摸着枪正从牌桌边站起来。

塞缪尔斯先生说："迪克，就拍一张照片。"

"你们打搅我了。"

"迪克——"塞缪尔斯先生还想劝劝他。

迪克的态度很吓人："我说了，我在打牌，我不想被拍。"

"也许你可以出去等一会儿，照片很快就会拍好。"约翰逊说。

“也许你可以跟我一起出去。”迪克说。

“不用了先生。”约翰逊回答。

“那就拿上你的东西滚出去，别再回来。”

“迪克，我请约翰逊来拍照。我想拍个照片挂在酒馆墙上，应该挺不错。”

“没问题，”迪克说，“我不在的时候，他随时都可以来。谁都不准拍我的照片。”他拿手指头戳了约翰逊一下，手腕上露出他引以为傲的蛇文身：“记住了就滚。”

约翰逊便离开那儿了。

很显然，布莱克·迪克是某个地方的通缉犯。死木镇的人对此一点都不觉得惊讶，只不过迪克的名声又增光添彩了。

这也是约翰逊和柯里三兄弟之间矛盾的开始。迪克、克莱姆、比尔之后会让约翰逊好看。

虽然摄影生意不错，约翰逊却没时间计算自己的积蓄。9月13日，他写道：

我听说，由于下雪，感恩节之后山上就封路了，也可能是11月1日封路。我一定要在10月之前离开，不然就得等到明年开春。我每天都记录了收支。就我眼下过的这种日子而言，也不知道几时才能攒够钱离开。

接下来几天的日记里全是丧气话。两天后，约翰逊突然时来运转了。

“我的祈祷灵验了！”他写道，“军队来镇上了！”

军队来了

1876年9月14日，两千名矿工站在死木镇街道两旁，向天开枪，欢呼着迎接乔治·克鲁克将军及其麾下的第二骑兵团。约翰逊在日记中说："这种盛况在本地恐怕是空前绝后的了。每个人都害怕印第安人，而克鲁克将军在始自春天的那次战争中战胜了印第安人。"

这支军队在平原上战斗了好几个月，外表颇为狼狈。克鲁克将军入住中心大酒店的时候，珀金斯先生十分礼貌地提议让将军去镇上的澡堂沐浴，可以的话还能顺便去布匹店买一套新衣服。克鲁克将军明白了他的意思，于是打理干净来到中心酒店的阳台上对广大矿工发表了一小段演说。

这番盛况一直持续到晚上，约翰逊对此的看法与众不同。他写道："我终于可以返回文明世界了！"

他向克鲁克将军的军需官克拉克中尉提出加入军队一同南下的请

求。克拉克表示可以，但是要先征得将军同意。约翰逊不知如何与将军会面，于是说他可以给将军拍一张照。

“将军讨厌拍照，”克拉克告诉他，“不要拍照。直接把你的请求告诉他就好。”

“好吧。”约翰逊回答。

克拉克又说：“还有一件事，不要握手。将军讨厌握手。”

“好的。”约翰逊说。

乔治·克鲁克少将是个典型的军人：平头，眼光锐利，胡子浓密但整齐，坐在食堂椅子里的时候身子挺得笔直。约翰逊等着他喝完咖啡，且崇拜者们也离开旅店去打牌后，才上前陈述自己的请求。

克鲁克将军耐心地听完了约翰逊的故事，然后摇摇头，轻声说他不能让平民跟军队一起行动，因为危险状况太多——他向约翰逊道歉，说不能带他走。约翰逊说他要带很多化石回去。

“化石？”

“是的，将军。”

克鲁克问：“你之前一直在挖恐龙化石？”

“是的，将军。”

“你是从耶鲁来的？”

“是的，将军。”

对方的态度突然转变。“那你一定是跟耶鲁大学的马什教授一起来的。”他说。

约翰逊犹豫了一下，说自己确实是跟马什教授一起来的。

“他是个了不起的人。睿智，且风趣。”克鲁克说，“1872年的时候我在怀俄明领地见过他，我们一起打过猎。他是个杰出的学者，成就非凡。”

“的确如此。”约翰逊表示同意。

“你是他队里的学生？”

“之前是。后来走散了。”

“运气太差了，”克鲁克说，“能帮上马什的忙我一定帮。欢迎加入我的队伍，我们会把你和化石安全送到夏延。”

“谢谢你，将军！”

“把你的化石装上车。有任何需要的事情就找克拉克中尉帮忙。我们后天一早出发。很高兴你能和我们一起走。”

“谢谢你，将军！”

在死木镇的最后一天

9月15日是约翰逊在死木镇的最后一天，他出门去拍摄事先被委托的最后两张照片。一大早骑马去黑人谷拍摄那些黑人矿工。那座矿场的收益高得惊人。几周以来，六位矿工每天能挣到两千美元。他们开采出来的金子被装船运回家。他们其实已经把矿场卖掉了，现在不过是穿上旧衣服站在引水槽旁摆个姿势而已，拍完了他们就换回新衣服，把旧衣服一把火烧掉。

他们兴致高昂，打算把拍好的照片带回圣路易斯。约翰逊也替他们感到高兴，矿工们计划得很详细，打算把金子好好带回家。大多数人挣了钱就花在酒馆里，不然就丢在赌桌的绿绒布上面，但这些矿工却不一样。“他们非常乐观，”显然约翰逊在写日记时也很乐观，“我希望他们的回家之路一帆风顺。”

那天下午，他要替中心大酒店的老板萨姆·珀金斯先生给酒店拍张照。珀金斯说："你给镇上所有人都拍了照，现在你要走了，就给我拍一张吧。"

约翰逊在街道对面架好了相机。要是在路中间摆相机的话，往来的马和马车会把泥巴溅到镜头上。街上的交通状况似乎妨碍了酒店的取景，但是约翰逊知道移动的物体——马和马车经过曝光后只会留下一道淡淡的影子，酒店看起来就像是矗立在一条空荡荡的街道上。

事实上，要如何表现街上的繁华热闹才是问题所在。马和马车移动得太快了，很难呈现在胶片上。

约翰逊用的是通常设定——光圈F11，曝光时间22秒，由于阳光强烈，他准备了另外一块湿版，打算稍后拍一张死木镇的街景。街景的照片用的是光圈F3.5，曝光时间为2秒。

约翰逊将两块湿版都带回艺术馆的暗室，趁着晾干的时间，他买了一辆适合装箱子的马车，这样才能跟上骑兵队。接着他去酒店搬化石，同时享用在死木镇的最后一顿晚餐。

他到酒店的时候，刚好看到一具尸体被抬出来。

诺曼·H. 沃尔什（绰号"得州汤姆"）被人勒死在中心大酒店二楼他自己的房间里。得州汤姆是个矮个子，性格急躁，据说他是柯里帮的强盗之一。谋杀的嫌疑自然落在布莱克·迪克·柯里头上，他当时恰好也在酒店，但没有人敢指证他。

布莱克·迪克则说他整个下午都在手风琴酒馆，根本不知道得州汤姆到底发生了什么。

事情陷入僵局。然而晚餐期间，萨姆·珀金斯忽然来到约翰逊的桌边问酒店照片的事情。

“是今天拍的照吗？”珀金斯问。

“是的。”

“效果如何？”

“非常好，”约翰逊回答，“明天就能冲洗好。”

珀金斯问：“是什么时间拍的？”

“大概是下午三点。”

“照片上有阴影吗？我不喜欢阴影，有阴影就显得特别压抑。”

约翰逊说：“是有一些阴影。”但是他接着解释说，适当的阴影会让照片看起来更好，能够表现出景深和事物特征。

这时候约翰逊忽然发现布莱克·迪克正特别专注地偷听他们的谈话。

“你是从哪个地方拍照的？”珀金斯又问。

“街对面。”

“是多诺霍的仓库前面吗？”

“不，更往南一点，在金辛的店门口。”

“你们俩嘀嘀咕咕说啥呢？”布莱克·迪克发话了。

“拍照仔今天给酒店拍了张照。”

“是吗。”迪克冷冷地说，“什么时间拍的？”

约翰逊忽然感觉到了危险，而珀金斯却浑然不觉。“你刚才说是几点来着，拍照仔？三点左右？”

“差不多吧。”约翰逊说。

迪克歪着头警惕地盯着约翰逊：“拍照仔，我警告过你，有我在场的时候不准拍照。”

“当时你不在啊，迪克。”珀金斯说，“你不是跟哈伦法官说了吗，你整个下午都在酒馆。”

“用不着你说！”迪克吼道。他慢慢转向约翰逊：“拍照仔，你从哪个位置拍的照？”

“马路对面。”

“拍得好吗？”

“不好，根本就没能够显影。我打算明天重新拍一张。”说这话的时候，他在桌子底下踢了珀金斯一下。

“我还以为你拍的照片都能显影呢。”

“其实不一定。”

“你今天拍的照片在哪里？”

“我已经把玻璃板洗了，照片很失败。”

迪克点头：“很好。”然后他就接着吃饭去了。

过了一会儿珀金斯问：“我们两个想得一样，对吗？”

“一样。”约翰逊说。

“得州汤姆的房间在酒店正面，窗户朝着街上。下午三点，正好被太阳照到。你仔细检查过照片了吗？”

“没有，”约翰逊说，“没看过。”

这时正好哈伦法官趾高气扬地走过来了。他们赶紧把刚才布莱克·迪克的事情对法官说了。“我认为这跟案子没有丝毫关系，”他说，“我刚从手风琴酒馆出来，酒馆里的每一个人都发誓说迪克·柯里下午一直在打法洛牌，跟他自己的说法一致。”

“他肯定收买了他们！”

“有二十多个人都看到他了。不可能收买所有人，”哈伦法官说，“迪克确实在酒馆。”

“那会是谁杀死了得州汤姆呢？”

“明天上午我会审问的。”哈伦法官说。

约翰逊打算在晚饭后收拾行李，但是受好奇心驱使，再加上珀金斯的催促，他还是去了黑丘陵艺术馆。他们打开门后，珀金斯问：“在哪里？”

他们看着那两块已经曝光的湿版。

第一块板子的内容和约翰逊记得的一样——一座空荡荡的酒店，一个人也没有。

第二块板子是泥泞的街道上熙熙攘攘的马匹和人群。

“你能看到窗户吗？”珀金斯问。

“看不到，”约翰逊把湿版凑近煤油灯，眯起眼睛仔细看，“我看不到。”

“我觉得这里有个东西，”珀金斯说，“你有放大镜吗？”

约翰逊拿起放大镜凑近湿版。

二楼窗户上有两个很清晰的人影。其中一个被身后的人勒住了。

“我的老天，”珀金斯说，“你拍到了一桩谋杀案！”

“但是看不清。”约翰逊说。

“放大点。”珀金斯建议道。

“我必须收拾行李，”约翰逊说，“明天一早我就要跟随骑兵团出发。”

“骑兵团的人正在镇上各个酒馆里喝酒呢，”珀金斯说，“他们不可能一早就出发。把照片放大。”

约翰逊没有放大设备，但他还是想办法用临时工具洗了一张。他们两个人盯着水盘，渐渐地，图片显影了。

得州汤姆在窗边挣扎，他身体向后弯，面孔扭曲。有两只手攥着他的脖子，然而凶手的身体却被左边的窗帘挡住了，他的面孔则被一片浓重的阴影遮了起来。

“好些了。”珀金斯说，“但我们还是看不到那个人。”

他们又洗了一张，然后又洗了一张更大的。夜色越来越深，他们的进度也变得越来越慢。临时搭起来的放大设备对轻微的震动非常敏感，而珀金斯激动万分，在长时间曝光的过程中总是没法安静地站着。

临近午夜时，他们总算洗出来了一张清晰的照片。在高倍放大的情况下，图片呈现出了颗粒感。但是有一个细节却很突出：凶手勒住得州汤姆的左臂上有一个文身，是一条盘起来的蛇。

“我们得告诉哈伦法官。”珀金斯说。

“我得收拾行李，”约翰逊说，“我必须睡一会儿，明天就要出发。”

“这是谋杀！”

约翰逊则说：“这里是死木镇，随时都有谋杀发生。”

“你真的要走？”

“没错。”

“给我照相版，我自己去跟哈伦法官说。”

“随便你吧。”约翰逊便把照相版给他了。

在回到中心大酒店的大堂时，他遇到了布莱克·迪克·柯里。迪克喝醉了。

“你好，拍照仔。”迪克说。

“你好，迪克。”约翰逊应了一声就回了自己的房间。根据日记里的记载，他觉得在臭名昭著的死木镇度过的最后一天里，这次照面充满了讽刺意味。

他花了半小时收拾行李，这时候珀金斯和哈伦法官忽然来到他的房间。

哈伦法官问：“这是你拍的照片吗？”

“是我，法官。”

“你篡改过照片吗，用铅笔之类的？”

“没有，法官。”

“很好，”哈伦法官说，“我们得理清他的死因。”

“你这么说我就放心了。”约翰逊回答。

哈伦法官又说：“明天早上开始审问。拍照仔，你得在十点的时候到场。”

约翰逊说要和克鲁克将军的骑兵团一起离开。

“恐怕你走不了了，”哈伦法官说，“事实上，你今晚留在这里有危险。我们要对你进行保护性拘留。”

“什么意思？”约翰逊问。

“意思是我得把你关起来。”哈伦法官回答。

在死木镇的又一天

所谓的监狱是位于镇子边上的一个废弃矿坑，入口处装上了铁栏杆和大锁。被冻了一整夜之后，约翰逊隔着栏杆眼看着乔治·克鲁克将军率领他的骑兵团南下，离开了死木镇。

他朝着骑兵团大喊——喊到嗓子都哑了，但是谁都没听见。接近中午时分，总算有人来了。哈伦法官摇头晃脑、嘀嘀咕咕地出现了。

“怎么了？”约翰逊问。

“昨晚喝多了点，”法官说着打开门，“你可以走了。”

“审问呢？”

“审问取消了。”

“什么？”

哈伦法官点头：“布莱克·迪克·柯里逃跑了。他好像听到了风声。谨慎即大勇嘛，莎士比亚说的。所以审问取消了，迪克走了，你也可以走了。”

“骑兵团都走了大半天了，”约翰逊说，“我绝对赶不上他们了。”

“是啊，”法官说，“给你造成了不便我真的很抱歉，孩子。你不得不再在死木镇停留一段时间了。”

约翰逊拍到了犯罪现场的照片，让他错过了跟随骑兵团一起离开的时机，这两件事传遍了全镇，并带来了严重的后果。

首先是约翰逊和矿工之友布莱克・迪克・柯里的关系恶化了。柯里三兄弟都公开对他表示敌意。而哈伦法官无意再调查得州汤姆的死因，于是柯里兄弟更加明目张胆了。只要是没有马车从死木镇离开的那一两天，他们就在镇上，整天都待在中心大酒店。他们吃饭的时候（这不多见），就把食物拿到酒店去吃。

约翰逊显然是激怒了迪克，他说约翰逊总是表现得高人一等：“他的费城佬派头。‘请把黄油递过来，好吗？’呸！谁受得了这种娘娘腔！”

日子一天天过去，迪克变本加厉地欺负约翰逊，他的兄弟围观取乐。约翰逊只得忍气吞声。他别无选择，迪克早就做好准备，只等他们一吵起架来，就到街上去一枪崩了他。迪克枪法很好，就算喝醉了也是神枪手，隔三岔五就杀个人。

镇上每个认识迪克的人都不敢去招惹他，显然约翰逊也无意跟他作对。但是情况越来越严重，只要迪克一出现，就算他饭都没吃完也不得不离开餐厅。

这时候，埃米莉小姐出现了。

埃米莉

死木镇的女人很少，不过这里本来就不需要多少女人。绝大部分女人都住在镇子南边转角处的“板房”里。在马歇尔夫人的冷眼注视下，女人们在此招揽顾客。马歇尔夫人是板房的主人，她还抽鸦片。其他人则是独立生活的，比如灾星简。前几周比尔·希科克死的时候，为了恶心希科克那帮朋友，她很夸张地大哭了一场。灾星简很有男子气概，常常穿着男装跟着士兵一起行动，隐藏在他们中间，在战场上为他们提供服务。她不止一次跟随卡斯特的第七骑兵团外出。不过她实在是太像男人了，甚至经常说：“给我个假阳具，任何女人都会觉得我是个真正的男人。”因此有人觉得简的性魅力不太明确。

有些矿工把家人也带到死木镇来了，但是他们很少在镇上露面。科洛内尔·拉姆齐有个矮胖的妻子，名叫森-纳-丽兹。塞缪尔斯先生也有个妻子，但是她得了肺病，整天都待在家里。所以在死木镇上露面的都是住板房的女人，她们在酒馆工作。根据某个去过死木镇的游客描述，她们“都是年龄相仿的漂亮女人，但都是一副严肃刻薄的神情，与这片荒野和这座糟糕的矿山小镇如出一辙。那些在酒馆里跑堂的女人抽着烟整天骂人，发牌的时候诡计多端，经验丰富的赌客都尽量避开她们，而选择男性发牌者”。

在这个残酷的世界里，埃米莉·夏洛特·威廉斯小姐就仿佛是一道浮动着的可爱风景。

她是在某个中午乘着矿场的平板马车来的，当时的她穿着纯白的衣裙，一头金发扎成美丽的发髻。她很年轻，不过比约翰逊大几岁。她干干净净，长相精致、清新又甜美，身材凹凸有致。她在中心大酒店订了个房间，立刻就成了最引人注目的新住客，自拍照仔带着一马车神秘的箱子和满身雪花的两个死人入住之后，就数她最引人注目了。

关于埃米莉小姐的新闻不胫而走，她美丽的外貌和她曲折的身世传遍了整个小镇。珀金斯的餐厅当晚前所未有地客满了，人人都想一睹她的芳容。

埃米莉小姐是个孤儿，她是已故传教士威廉斯的女儿。威廉斯先生在附近的盖维尔镇建教堂时死了。一开始有人说他是被一个穷凶极恶的暴徒打死的，后来又有人说他是从房顶的脚手架上掉下来，摔断脖子死的。

埃米莉小姐怀着悲痛的心情收拾行李出发去寻找她的哥哥汤姆·威廉斯——这也是传闻——她大致知道汤姆在黑丘陵一带。她已经去过了蒙大拿城和克鲁克城，但是都没能找到汤姆。现在她到了死木镇，计划在这里停留三四天，也可能停留更久。

那天晚上，去中心大酒店的人个个洗漱干净，穿着最整洁的服饰。约翰逊在日记中这样写道："看着那些粗人装模作样真是好笑，他们一边装腔作势，一边还要担心自己把汤洒出来。"

但是餐厅里的气氛还是很紧张的，当布莱克·迪克往埃米莉小姐桌边走去时，气氛就更加紧张了（作为众人目标的埃米莉小姐是独自用餐的）。迪克做了自我介绍，还请她晚上一起去镇上散步。她以非常得体的态度谢绝了迪克，说她要早早休息。迪克又说要帮她找她哥哥，埃米莉再次谢绝，说自己已经有很多人帮忙了。

迪克知道其他人都看着自己。他开始出汗，脸涨得通红。

"也就是说我帮不到你了，是吗？"

"谢谢你的好意，真的。"埃米莉轻声说。

迪克走回自己桌子的时候似乎平静了不少，回到他的兄弟中间又对她同情了一番。

要不是埃米莉小姐非常亲切地和约翰逊说话，这件事就算结束了。她用甜美的嗓音说道："你就是那个年轻的摄影师吧？常听大家说起你。"

约翰逊说他就是。

"要是我能看看你的摄影作品就好了，"她说，"说不定拍到了我哥哥。"

约翰逊回答："没问题，明天上午我就给你看。"埃米莉露出了优雅的微笑。

布莱克·迪克看起来仿佛想杀人——杀死约翰逊。

"打败众人赢得目标，没有比这更愉快的事情了。"约翰逊在日记里这样写道。他心满意足地去睡觉了。他已经习惯了睡在一大堆箱子旁边，不仅是习惯了箱子上掉落的灰尘和脏兮兮的地板，也习惯了这坟墓一样漆黑的房间，以及跟一大堆史前巨兽的骨头躺在一起。当然那些巨大的牙齿也在其中。它们是曾经在地球上生活过的真正的恐龙的牙齿。约翰逊觉得这些牙齿奇妙地令人感到安心。

明天，他将与埃米莉见面。

可是他的高兴劲头没能持续很久。看了照片之后埃米莉很失望，因为她的哥哥不在照片中。

"也许可以再看一遍。"他说。于是埃米莉又很快地翻看了一次。

“不，不，这些照片里肯定没有他，”埃米莉打量着他的艺术馆，“你把所有的照片都给我看了吗？”

“是的，我在死木镇拍的所有照片都在这儿了。”

她指了指角落里的架子：“那些我还没看过。”

“那是我在劣地的时候拍的照片，你哥哥肯定不在其中，我保证。”

“我想看一下。给我看看吧，你可以坐在旁边给我讲讲劣地的事情。”

她太迷人了，约翰逊没法拒绝她。于是他把照片拿出来给她看，那些事情仿佛是上辈子的事了。

“这个拿着小镊子的人是谁？”

“这是科普教授，他拿的是地质锤。”

“他旁边的是什么？”

“是一个剑齿虎的头骨。”

“这个人是谁呢？”

“他叫厨子，是我们的厨师兼车夫。”

“这位是谁？站在印第安人旁边那个。”

“这是查理·斯滕伯格。旁边的是小风，他是蛇人侦察兵。但是他死了。”

“天哪。这就是劣地吧？看起来真荒凉。”

“是啊，被侵蚀得很严重。”

“你在那里待了多久？”

“六周。”

“你为什么要去那种地方？”

“因为这些地方被侵蚀过，骨头都露出地面了，所以很容易挖出来。”

“你是去挖骨头的？”

“对啊。”

“真奇怪，”她说，“挖骨头很赚钱吗？”

“不，我是自己出钱来挖骨头的。”

她指了指图片上荒凉的地方，说：“你自己出钱？去那种地方？”

“说来话长，”他说，“你看，我在耶鲁的时候和人打了个赌，结果我不得不去了。”

但是约翰逊能看出来她没有在听了。她摸了摸玻璃板，把它对着光举起来，一块一块地看。

“你想找什么？”他看着埃米莉。

“我觉得很奇怪，”她说，“我对你很好奇。好了，你放回去吧。”

约翰逊把照片放回去的时候，她说：“你挖到骨头了吗？”

“挖到了，挖到了很多。”

“骨头在哪里呢？”

“一半用蒸汽船沿密苏里河运走了，一半在我这里。”

“在你这里？哪里？”

“在酒店里。”

“我能看看吗？”

埃米莉的态度似乎有些奇怪。他问：“你为什么会想看那些骨头？”

“我很好奇，既然你都提起来了我就想看看。”

“镇上的每个人都想看。”

“是啊。会不会太麻烦你——”

“哦，没事，”约翰逊说，“一点也不麻烦。”

约翰逊回到房间，打开其中一个箱子给她看。一些沙土落在地板上。

她看着那些黑色的页岩碎片说：“这些只是石头！”

“不，不，这就是一块化石。看这里。”约翰逊指出恐龙腿骨的轮廓。这块骨头保存得很好。

“但我以为你挖到的是骨头，而不是石头。”

“化石就是石头。”

“这些东西根本不值钱。”

“抱歉埃米莉，虽然这些东西在死木镇不值钱，但是它们都是远古生物的骨头，在地层里埋藏了数百万年。这根腿骨来自一种像犀牛一样鼻子上长着角的动物，不过它比犀牛要大得多。”

“真的？”

“真的。”

“非常有趣，比尔。”埃米莉决定用这个名字称呼他。她的温柔热情让约翰逊感动不已，这么久以来，埃米莉是第一个对他好的人。

“我知道，”他说，“但是谁都不相信我。我越是解释他们就越怀疑。总有一天他们会冲进来把这些箱子都砸了，我必须趁早离开死木镇。”

他忍不住流泪了，于是赶紧转身免得被埃米莉看到。

“怎么了，比尔，为什么？”她来到床边挨着他坐下。

“没事，”他抹了抹泪，才把脸转回去，“只是……我不是自己想来的。我莫名其妙跑到西部，结果和这些骨头绑在一起了。我必须对它们负责。我希望能保护好这些化石，这样教授就能进行研究了。可是大家都不相信我。”

“我相信你。”她说。

“你是死木镇唯一一个相信我的人。”

“我告诉你一个秘密吧，”她说，“我不是孤儿。”

约翰逊没说话，等着下文。

“我是从白木镇来的，从今年夏天起我一直住在那里。”

约翰逊还是没说话。

埃米莉咬咬嘴唇：“迪克让我来的。”

“让你来干什么？”他不知道为什么埃米莉会认识迪克。

“他说你会把秘密告诉女人，你会告诉我箱子里到底装了什么。”

“你是说，你专门来问我这个的？”约翰逊觉得很受伤。

埃米莉看着地面，仿佛很惭愧：“我自己也很好奇。”

“真的是骨头。”

“我现在知道了。”

“它们不是我想要的——我一点都不想跟那些骨头扯上关系——但是现在我必须对它们负责。”

“我相信你，”她皱起眉头，“现在我得去说服迪克。这人很麻烦，你知道的。”

“我知道。”

“我会跟他说的，”她说，“晚餐见吧。”

当天晚上，中心大酒店的餐厅里又多了两个人。他们一眼看去像双胞胎——两个人的外表非常相像：结实的瘦高个，二十多岁，留着浓密的胡子，穿着一样干净的白衬衫。他们很安静，很自信，有种充满力量的淡定。

“认识这两个人吗？”珀金斯喝着咖啡问约翰逊。

“不认识。”

“是怀亚特·厄普和摩根·厄普。怀亚特高一点。”

听到有人提到自己的名字，那两个人都转身向约翰逊那桌礼貌地点点头。

“这位是拍照仔约翰逊，他是耶鲁大学来的摄影师。”珀金斯说。

“你好。”厄普兄弟说完又继续吃饭去了。

约翰逊没听说过厄普，但是珀金斯的态度表明他们是很重要的名人。他小声问：“他们是谁？”

“他们是从堪萨斯来的，”珀金斯说，“阿比林和道奇？”

约翰逊摇头。

“他们是著名的枪手，”珀金斯小声说，“两个都是。”

约翰逊还是没能理解这两个人的重要性，不过每一个刚到死木镇的人都会给艺术馆带来新生意。因此吃完晚餐后，他问厄普兄弟是否需要拍照。在日记中，约翰逊记录了他和厄普兄弟的第一次对话。那次对话没什么特别的内容。

“两位愿意拍张照片吗？”约翰逊问。

怀亚特·厄普说：“拍照？可以啊。”凑近看的话，怀亚特更年轻，也更瘦。他态度沉稳，目光坚定，有种几近困倦的冷静。“价格呢？”

“四美元。”约翰逊说。厄普兄弟沉默地交换了一下眼神。

“不用了。”怀亚特·厄普说。

埃米莉的消息

晚餐之前，埃米莉在饭店外面的走廊上小声对他说："坏消息。厄普兄弟一来，柯里兄弟吓坏了。他们有些神经质。所以他们今晚就会去抢你的骨头。他们正在商量这件事呢。"

"他们抢不到的。"约翰逊说。

"他们想要什么就一定会拿到手，他们已经习惯了这么做事。"

"这次不行。"

"你打算怎么做？"

约翰逊摸着枪回答："我会保护我的化石。"

"但我不会这么做。"

"你认为我该怎么办？"

"最好的办法就是躲开他们，让他们拿走骨头。"

"我不能那样做，埃米莉。"

“他们都是狠角色。”

“我知道，但我必须保护这些骨头。”

“只是骨头而已。”

“不，不只是骨头。”

约翰逊看到她眼睛一亮。“那就是很值钱了？”

“我说过，是无价之宝。”

“跟我说实话，它们到底是什么？”

“埃米莉，它们真的就是骨头，我已经跟你说过了。”

她神情很是嫌弃：“如果是我，我绝不会为了几箱骨头冒生命危险。”

“现在不是你要冒险。而且那些骨头非常重要。它们是历史悠久的骨头，在科学领域非常重要。”

“柯里兄弟根本不在乎科不科学，他们只想杀了你，再把东西卖掉。”

“我知道。但是我必须保护那些骨头。”

“那你最好找帮手，比尔。”

约翰逊在手风琴酒馆找到著名枪手怀亚特·厄普，他正在玩二十一点。约翰逊把他拉到一边。

“厄普先生，我希望今晚能雇你做点事。”

“可以，”厄普说，“做什么？”

“当守卫。”接着约翰逊解释了一下化石、酒店房间和柯里兄弟的事情。

厄普听完之后说：“没问题，收费五美元。”

约翰逊同意了。

“事先付清。”

约翰逊在酒馆里当场把钱给他了。“我可以信任你吧。”

“当然可以，”怀亚特·厄普说，“十点钟我们在你的房间碰头。准备好弹药和足够的威士忌，别的都不用担心。现在有怀亚特帮你，不会再有任何麻烦了。”

约翰逊和埃米莉一起在酒店餐厅里吃了饭。

“我真希望你放弃。”她说。

约翰逊心里也这么想，但是他说：“我不能，埃米莉。”

她在他脸上轻轻亲了一下：“祝你好运，比尔。希望明天还能见到你。”

“安心去休息吧。”他露出勇敢的微笑。

于是埃米莉上楼回房间了。约翰逊也回到房间锁好了门。

当时是晚上九点。

过了十点，随后十点半也过了。约翰逊检查了怀表，不知道时间是否正确。最后他打开房门来到酒店大堂。

一个满脸丘疹的男生在前台值夜班。“嘿，约翰逊先生。”

“嘿，埃德温。你看到厄普先生了吗？”

“今晚还没看到。不过我知道他大概在哪里。”

“在哪里？”

“他在手风琴酒馆，玩二十一点。”

“他今天下午就在手风琴酒馆。”

“嗯，他现在还在那儿。”

约翰逊看了看墙上的钟，确实是十点半。

“他该到酒店来找我才对。”

“多半是忘了。”埃德温说。

“我们说好了的。”

“大概是喝多了。”埃德温说。

“你能跑一趟，替我去找他吗？”

“我很愿意去，但是我必须值班啊。别担心，厄普先生很守信的。他说他要来，应该很快就会来了。”

约翰逊点点头，再次回到房间锁上门。

他只能等着，心里想：如果他们从门进来，我一定得做好准备。于是他在床边的两只靴子里各放了一把上了膛的手枪。

时间慢慢过去。午夜时分，他穿上羊毛袜子再次出去问厄普在哪儿，但是埃德温睡着了，厄普的钥匙挂在他身后的墙上，也就是说厄普依然没回酒店。

约翰逊回到房间继续等。整个酒店一片寂静。他盯着怀表的指针，一边听着嘀嗒声一边等。

两点钟的时候，他听见墙上传来刮擦的声音。他举枪跳起来。

那个声音又出现了。

“什么人！”

没有回答。但刮擦的声音更明显了。

“滚开！”他的声音有些颤抖。

外面传来吱吱的声音，接着刮擦的声音也消失了。约翰逊明白了。

“老鼠。”

他紧张又疲惫地躺回去。吓出了一身汗，手也在抖。他真不是干这个的料，他根本没那个胆子。而且怀亚特到底在哪里？

·

第二天，厄普说："我不懂你在生什么气。"

"我们说好了的，"约翰逊说，"所以我才生气。"他整夜都没睡觉，整个人又累又生气。

"是啊，说好了的，"厄普说，"保护你的化石不被柯里兄弟破坏。"

"我事先给你钱了。"

"对，你给了。"

"你去哪里了呢？"

"干你雇我做的事情去了，"厄普说，"整个晚上我都在和柯里兄弟玩二十一点。"

约翰逊叹了口气。他累得没精力跟他争了。

厄普说："那你希望我怎么做？跟你一起坐在黑屋子里？"

"我怎么知道具体怎么做。"

"你太累了，"厄普同情地说，"你还是去睡觉吧。"

约翰逊点点头往酒店走去。

厄普叫住他问："今晚你还要雇我吗？"

"要。"约翰逊回答。

"五美元。"厄普说。

“我给你五美元不是叫你去打二十一点。”约翰逊说。

厄普耸耸肩：“随便你吧，小子。”

当天晚上，他再次把上膛的枪放在床边的靴子里，还放了备用的子弹。午夜过后他睡着了，因为他是被木头摩擦的声音吵醒的。那扇破门开了，一个人悄悄溜进来。接着门又关上了。房间里伸手不见五指，因为箱子把窗户都挡严实了。

有人轻声喊他：“拍照仔。”

“怀亚特？”约翰逊小声问。

黑暗中传来枪上膛的响亮声音。脚步声。随后是沉默。黑暗中传来呼吸声。约翰逊知道自己成了目标，于是悄悄溜到床下。他从靴子里拿出枪，然后把靴子扔向对面的墙。

靴子刚撞上墙，黑暗中就冒出一束火焰——那人朝着声源开枪了。酒店的其他房间里有人喊起来。

房间里现在满是烟雾，约翰逊说：“不管你是谁，滚出去！我枪已上膛，你赶快滚。”

沉默。又是脚步声。呼吸声。

“是你吗，拍照仔？”

门又开了，另一个人进来了。

“他躲在床上呢。”一个声音说。

“拍照仔，我们现在要开灯了。你坐好，我们把这事理清楚。”

与此同时，那两个人朝着他的床开枪了。床框被打烂了。约翰逊摸出另一把枪，不假思索地把所有的子弹都打了出去。

他听见木头被打中的声音，有人哼了一下，重重倒地，随后仿佛门又开了。

他重新填装好子弹，但是黑暗中他只能胡乱摸索。他听见有人呼吸——这是肯定的。他很紧张。他能想象凶手现在蹲了下来，听他惊恐的喘气声，以及子弹进入枪膛时的声音。对方凭着声音就能锁定约翰逊……

他填完了子弹。结果什么事也没发生。

忽然一个悲伤又疲倦的声音说：“啊，卡梅拉。我知道我曾经——”那人的呼吸变得很沉重，“要是我能好好喘口气……”他咳嗽起来，接着在地上扑腾了一下。随后是一阵噼啪声和令人窒息的咳嗽声。再后来就一片死寂了。

约翰逊在日记中这样写道：

我知道自己杀了一个人，但是房间太黑我不知道究竟是谁。我握着枪躺在地上等着另一个枪手返回，我决定不管怎样先开枪再问话。不过接下来我听见老板珀金斯先生在楼下喊我。于是我回应了他。我说我没打算开枪，没多久他提了一盏灯来到我的房门口，灯光照亮了房间和地板，一个大块头躺在地上，血把地毯都浸透了。

那人后背上有三个子弹造成的伤口。

珀金斯把他翻了个身。在昏黄的灯光中，他看到了克莱姆·柯里那死气沉沉的眼睛。“死透了。”他小声说。

大厅里人多起来，接着不少人探头探脑地往约翰逊的房间里看。

“后退，各位，后退。”

哈伦法官奋力挤过人群进入房间。约翰逊觉得哈伦这会儿心情肯定很坏，因为他被人半夜叫过来。不过事情和约翰逊的想象不同。“我刚打牌手气差得要死，”法官说，“不如来处理谋杀案。”

他看着尸体。

“是克莱姆·柯里，对吧？”

约翰逊说是的。

法官说：“依我看，镇上并无损失。他在你这儿干什么？”

“来抢劫。”约翰逊说。

“显而易见，”哈伦法官从扁瓶子里喝了一口酒，然后把酒递给约翰逊，“谁打死他的？”

约翰逊说是他打死的。

“嗯，”法官说，“就我所见，倒也正常。不过有一个问题，你为什么是从后背打中他的？”

约翰逊解释说因为房间里很黑，他看不见究竟是怎么打中的。

“的确如此，”法官说，“然而你三次都打中了他的后背。”

约翰逊说他没想过要杀死任何人。

“我看也是。我觉得你没做错什么。不过布莱克·迪克知道了肯定要找你麻烦，不是明天就是后天，取决于他在不在镇上。”

约翰逊早就想到这个问题了，但是他不愿去多想。

“你准备离开死木镇了吗？”法官说。

“现在还没想走。”约翰逊回答。

哈伦法官又举起他的扁酒瓶喝了一口说：“是我的话，肯定天不亮就走。”

人群散去之后，萨姆·珀金斯摸着墙上的弹孔说：“约翰逊先生，你们肯定发生了激战。该死！”

“还好他们没拿到骨头。”

“是啊，可是他们三更半夜把酒店里所有的客人都吵醒了，约翰逊先生。”

“对不起。”

“夜班的埃德温吓得尿裤子了。我不是在逗你。”

“对不起。”

“我不能这样经营酒店，约翰逊先生。中心大酒店名声很好。你今天就把那些骨头搬出去。”珀金斯说。

“珀金斯先生——”

“今天就搬出去，”珀金斯说，“最后期限。修补弹孔的钱也要在你的房费里扣。记在账单上。”

“我要搬到哪里去呢？”

“我不管。”

“珀金斯先生，这些骨头在科学界很有价值。”

“我们这里远离科学。带着你的骨头出去。”

搬运骨头

次日早晨，约翰逊把箱子装在马车上去了死木镇银行。但是银行除了金沙以外不存别的东西。

然后他去了萨特的干货店。萨特先生的房子后面有一座很牢固的仓库，他在那儿存放用来卖的弹药。萨特先生直接拒绝了他的请求。不过约翰逊顺便买了些子弹。

国家酒店和中心大酒店不一样，这家酒店愿意帮助约翰逊。可是前台的工作人员表示他们没地方放。

菲尔德的酒馆和赌场是二十四小时营业的，因为争执频发，所以菲尔德请了武装保安来维持秩序。他有一间很大的仓库。

但菲尔德拒绝了他。

“只是些骨头而已，菲尔德先生。”

“也许是，也许不是。这个不重要。重点是柯里兄弟想要那些骨头。我不想掺和进去。”

科洛内尔·拉姆齐争强好胜，而且他的马厩里有很大的空间。但是约翰逊问他的时候，他连连摇头。

“每个人都害怕柯里兄弟吗？”

“任何一个脑子正常的人都怕。”拉姆齐说。

下午就这样过去了，光线转暗，镇上的温度迅速降下来。约翰逊回到他的工作室，黑丘陵艺术馆，没有顾客了。一夜之间他似乎变得极其不受欢迎。他看了看艺术馆，想在这里找个地方放骨头。这时候他的房东金辛带着儿子——就是把尸体从街上拖走的那个孩子，从洗衣店跑来。

辛点头微笑，但是和往常一样，他什么都没说。他儿子说：“你需要找个地方存东西吗？”那孩子的英语很不错。

“是的。你叫什么名字？”

“康。”

“你的靴子真好看，康。”

那孩子笑了。这些中国男孩子从来不穿皮靴。他父亲对他说了几句话。“你在华人区存东西吧。”

“可以吗？”

“是的。可以。”

“这里倒是很安全。”

“是的，林周有个工具间，很安全，而且是新的，有锁。除了天花板的一个小窗户以外，四面都没窗。”

“这个仓库在哪里？”

“就在林周的餐厅后面。”

那是华人区的中心地带。很好。约翰逊无比感激。“你真是太好了。感谢你。镇上其他人都——”

“一晚上十美元。”

“什么？”

“十美元一晚上。好吗？”

“十美元一晚上太贵了。”

对方眼睛都不眨一下：“不贵。”

“太过分了。”

“就这个价。存吗？”

约翰逊想了想。“好吧，”他说，“好吧。”

事后，约翰逊回忆说：“即便到了这个时候，我还有一千多磅的化石。”

每一个大箱子重达一百磅。我雇了金辛的儿子康帮我搬马车上的东西。这天下午我付给他两美元。他干得不错。他一直问："这是什么？"我只好一遍一遍地告诉他，只是些古老的骨头。但是他不信。我不知道死木镇为什么会有这么多华人。我觉得这些毫无表情的面孔无处不在，他们看着我，彼此交谈。他们站在工具间外面围观，从旁边建筑的窗户里窥视。

最终箱子都在工具间里码好了，康看着这些箱子问："为什么你这么在意自己的箱子？"

我说我也不知道。然后我去中心大酒店吃了晚饭，晚上我又回到工具间，继续看守我的恐龙骨头。

他没等多久。十点钟，一个人影出现在气窗上。约翰逊举起枪。屋外有几个人，他听见有人小声说话。

窗户嘎吱一声开了。一只手伸下来。约翰逊看到一个黑乎乎的脑袋出现在狭窄的窗户上。他举枪瞄准。

"滚开，浑蛋！"

一阵响亮的笑声把他吓了一跳。原来是一群中国小孩。他放下枪。

"走开。去去，走开。"

又是一阵笑声。接着是凌乱的脚步声，随后就只剩他一个人了。没有胡乱开枪真是太好了，他心想。

接着又是一阵刮擦的声音。

"听见没有？走开！"

可能是因为他们不会说英语，他心想。但是绝大部分的小孩都会说基本的英语。年龄大的那些英语就更好了，比他们自己认为的要好。

又有一个脑袋出现在窗边，但只能看见一个暗影。

"走开，小子！"

"约翰逊先生？"原来是康。

"什么事？"

"有个坏消息。"

"什么？"

"好像所有人都知道你在这里了。洗衣店的说要你把箱子搬走。"

约翰逊惊呆了。他们当然知道。他只不过是从镇上的一间房子搬到了另一间房子而已。"康，你认得我的马车吗？"

"是的，认得。"

"它停在马厩里。你能把它赶过来吗？"

"好。"

没过几分钟他就回来了。

“让你的朋友来帮忙，把箱子装上马车，越快越好。”

康照办了。很快，箱子全部装上了马车。约翰逊给他们每人一美元，让他们跑远点。“康，你跟着我。”

华人区比看起来的大，一直在修建新街道。康帮他赶着马车从小巷子离开。他们突然停下来，四个骑马的人从他们前方的街道快速跑过。

“他们应该是在找你。”康说。

他们拐进了旁边的小路。几分钟后，他们到了约翰逊埋葬小风的大松树下。地面依然很松软，康和约翰逊小心地把小风挖出来。他们屏住呼吸将他从墓穴里拖出来。尸体发出恶臭。十个大木箱占据了三个墓穴的空间。约翰逊把墓穴挖大了一些，免得小风曝尸荒野。他尽可能把箱子齐整地摆在坑里。然后把小风放在箱子顶上，他就像睡在箱子顶上一样。

约翰逊对自己说：如果我有相机，而且时间恰好是白天，我肯定会拍张照片。

然后他把土埋回小风身上，尽量铺开，免得地面凸起，最后把松针撒在上面。

“这是我们的秘密。”他对康说。

“是的，这个秘密可以变得更好。”

“对，当然。”约翰逊掏出一个五美元的硬币给了他，“你绝对不能说出去。”

“好的，绝不。”

但是他不相信这孩子的口风。“康，如果你能保守秘密，我走的时候会付给你另外五美元。”

“另外五美元？”

“对，我离开死木镇的那天。”

枪　战

那天上午早餐时，布莱克·迪克怒气冲冲地来到中心大酒店。他一脚踢开门：“那个小浑蛋在哪里？”

他看着约翰逊。

“我不是枪手。”约翰逊尽可能冷静地说。

“胆小鬼都不是枪手。”

“随便你怎么想。”

“你从背后击中了克莱姆。你这个小兔崽子。”

“他抢我的东西。”

迪克啐了一口：“你从背后打中了他，你这个狗娘养的。”

约翰逊摇头：“我不会被你激怒的。”

“你听着，”迪克说，“我们到外面去，不然我就去华人区把你那些宝贝箱子全部挖出来，炸成碎片。说不定还能把那些帮你忙的华人也杀了。”

“你休想。”

“没有人能阻止我。你想看着我把你的宝贝骨头炸掉吗？”

约翰逊感觉到一股奇怪的怒气冲上来。数周以来在死木镇上遭受的所有挫折和艰辛都涌上心头。他很高兴自己把箱子转移了。他深深地吸了一口气，脸上一阵奇怪的紧绷。

约翰逊说：“不。”他站起来。“我们出去解决，迪克。”

“好，我等你。”迪克说着就走了。他身后的门咣一声关上。

约翰逊坐在酒店餐厅里。其他吃早饭的人都看着他，没有人说话。阳光从窗户照进来。他听见了鸟叫。

他还听见马车咔嗒咔嗒地从外面驶过，人们互相叫喊着，说马上有人决斗了。他听见威尔森太太在隔壁一座楼里上钢琴课，有个孩子在弹音阶。

约翰逊觉得非常不真实。

几分钟后，怀亚特·厄普冲进餐厅：“那些人在说什么，你和迪克·柯里？”

“是真的。”

厄普盯着他，过了一会儿说：“听我的忠告，退出吧。”

“我不退出。”约翰逊说。

“你会射击吗？”

“不太会。”

“真倒霉。”

“但我还是要跟他决斗。”

“你想要忠告，还是死在这里？”

“我接受一切忠告。”约翰逊回答。他知道自己的嘴唇在发抖，手也在发抖。

“坐下，”厄普说，“我经历过很多次决斗，过程都一样。你的对手现在是迪克。他非常自负，他确实打死过一两个人。他速度很快。但是被他打败的那些人不是喝醉就是被吓破了胆，还可能两者兼备。”

“我确实被吓破胆了。”

“没关系。你得记住一点，绝大部分枪手都是胆小鬼和恶霸，他们有自己作弊的办法。你要避开他们那些伎俩。”

“有哪些呢，那些伎俩？”

“有些人会催促你让你着急，有些想让你分心——比如点燃雪茄再扔掉，希望你的眼神跟着雪茄走。还有人会试图跟你谈话。有些人会打呵欠，想引诱你也打呵欠。诸如此类。”

“我该怎么办？”约翰逊心脏狂跳，他连自己的声音都听不清了。

“你出去的时候，要慢慢的。自始至终都要盯住他——他可能会趁着你走到街上的那会儿朝你开枪。你要一直盯着他。然后你要站好位置，两腿分开站，保持平衡。别跟他说话。集中精神注意他这个人。不管他做什么你都要自始至终盯住他。看他的眼睛。当他准备开枪的时候，你能从他的眼睛看出来，不等他动手你就能看出来。”

“这怎么看得出来？”

“别担心，你肯定能看出来。让他先开枪，你不慌不忙地掏枪，慢慢瞄准，然后你扣动扳机，让子弹正中他的肚子。别搞什么瞄准脑袋的花样。好好瞄准。打肚子，然后杀了他。”

“天哪。”残酷的现实让他感到巨大的压力。

“你确定不退出？”

“不！”

“好，”厄普说，“我相信你会赢。迪克是个浑蛋，他觉得你就是个活靶子。浑蛋当对手特别好。”

“很高兴听到这一点。”

“你会赢的，”厄普又说，“你的枪装好子弹了吗？”

“没有。”

“赶紧装，小子。”

约翰逊走出酒店，踏进上午的阳光中。死木镇的主街道冷冷清清的。周围一片寂静，唯一的声音是威尔森太太的钢琴课，单调的音阶。

布莱克·迪克在街道的北端等着。他点燃了一支雪茄。他的宽檐帽在脸上投下深深的阴影。约翰逊看不清他的眼睛。他有些犹豫。

“来吧，拍照仔。”迪克喊道。

约翰逊走上街。他听到自己的脚踩在烂泥里发出的声音。但是他没有看脚下。

盯着他。绝对不要挪开目光。

约翰逊来到街道中间，站好。

保持平衡，两腿分开。

他清清楚楚地听见威尔森太太说：“不，不，夏洛特。拍子。”

集中。注意力都集中在他身上。

他们相距三十英尺，站在早晨的阳光中，站在死木镇的大街上。

迪克笑了：“过来点，拍照仔。”

“这里就好。”约翰逊说。

“我看不见你，拍照仔。”

别跟他说话。盯着他。

“我能看见。”约翰逊说。

迪克笑了。但笑声很快消失了。

盯着他的眼睛。

“有什么遗言吗，拍照仔？”

约翰逊没有回答。他觉得心脏在胸腔里狂跳不止。

布莱克·迪克把雪茄扔掉。雪茄从空中飞过，落在泥巴里。

不管他做什么，视线绝对不要从他身上移开。

迪克拔枪了。

事情发生得非常快。迪克的身体被一团浓浓的黑烟遮住。两颗子弹从约翰逊身边飞过，而约翰逊还没拔枪，他感觉第三颗子弹击中了自己的帽子，与此同时他瞄准开火。枪在手中震了一下。随后他听见了尖叫。

“你这个兔崽子！我被打中了！”

约翰逊有些茫然，他透过烟雾看着。一开始他什么也看不见，迪克似乎整个从街上消失了。

然后烟雾消失了，他看到泥地里躺着一个人。

“你打中我了！该死！你打中我了！”

约翰逊站在那儿，盯着他。迪克勉强站起来，捂着自己流血的肩膀，他那只受伤的胳膊无力地垂着，全身沾满泥巴。

“你去死吧！”

结果了他，约翰逊心想。

但是他已经杀死一个人了，不想再打死另一个。他看着迪克踉踉跄跄地穿过街道，爬上马。“我会抓住你！我会抓住你！”他喊道，然后他骑马离开了死木镇。

约翰逊看着他走掉。他听见周围建筑里传来欢呼声和掌声。他觉得眩晕，感到裤腿湿了。

“你干得很好，”厄普说，“只不过你没杀死他。”

“我不是枪手。”

“没关系，”厄普说，“但是你要记住，你该杀了他才对。我看他受的伤一点也不致命，你现在有个死敌了。”

“我没办法杀他，怀亚特先生。”

厄普看着他，过了一会儿说：“你是东部人，这是问题所在。你没常识。你必须马上离开死木镇，知道吗？”

“为什么？”

“因为你小子现在有名了。”

约翰逊笑起来：“镇上所有人都认识我。”

“不仅如此。”厄普说。

事实证明，杀死克莱姆·柯里，又在决斗中赢了他兄弟迪克这件事，让拍照仔比尔·约翰逊成了死木镇最厉害的坏蛋。任何一个自以为是神枪手的人都想来见他。

决斗后两天，约翰逊发现厄普是对的。他必须尽早离开死木镇。他手头的钱刚好可以买次日的快车票，外加支付货运费。天色暗下来之后，他找了一匹马去看小风的墓地是否还完好。目前为止还好。地面被冻硬了，任何痕迹都没有留下。即便如此他还是必须赶紧离开，免得被发现了。

与此同时，厄普厌烦了赌博，也厌倦了隔三岔五讨好埃米莉小姐。他希望自己能当上死木镇的治安官，但是似乎根本没有这么个职位，于是他决定在冬季南下。

“你什么时候走？”约翰逊问。

“关你什么事？”

“也许我们可以一起走。”

“跟你的骨头一起？”厄普笑了笑，“孩子，从死木镇到夏延，路上的每一个强盗和逃犯都等着你和你的骨头离开死木镇呢。”

“如果你能和我一起走的话，我们肯定可以顺利上路。”

“我还是等着和埃米莉小姐一起走吧。”

“埃米莉小姐很可能也是明天走，如果你跟我一起的话。”

厄普严肃地盯着他：“我有什么好处呢，小子？”

“驿站会雇你当信使。”信使等于是卫兵，报酬很丰厚。

“你能想点更好的条件吗？”

“似乎没有了。”

一阵沉默之后，厄普说：“这样吧，我把你送到夏延，你给我一半的货。”

“一半的骨头？”

“对，”他大笑起来，眨了眨眼睛，“一半的骨头。怎么样？”

“我明白了。”约翰逊在9月28日的日记中写道：

这位厄普先生跟别人一样，不相信箱子里装的是骨头。我现在陷入了进退两难的境地。厄普先生对我很友好。我要求他置身险境，他还认为自己是在为财宝冒险。我必须告诉他，是他想错了。但是我在西部得到的教育是耶鲁没有教过的。我学到的是：人只能自己多加小心。所以我只是对他说：“厄普先生，这交易是你自己提出的。”

马车次日清晨离开死木镇。

午夜过后没多久约翰逊就醒了。现在该把装骨头的箱子挖出来了。他事先就安排好了，这次也雇康来帮他挖地，因为镇上的白人绝对不会来挖印第安人的墓。他们乘马车离开镇子，第一件事就是把小风挖出来。由于天气更冷了，这一次尸体没那么臭。

他们把箱子一一搬上车。他们累得头上冒白烟，全身都是土，不过除此以外似乎一切顺利。这一次约翰逊先把大部分土填回去，然后才把小风放回去。他又看了小风最后一眼，意识到那个形状古怪的尸体已经不再是小风之前的那副灰头土脸的腐烂样子了。迄今为止他把这个可怜人反复埋了三次。小风为了保护他而死，他却没有让小风安息。

通往夏延的路

回到镇上之后，他就去了驿站。马车已经就位了。这时又开始下雪了。冷风呜呜地穿过死木峡谷。约翰逊很高兴自己要走了，箱子被小心翼翼地固定在马车顶上。尽管驿站办事员再三保证这么做很安全，那位胖子车夫小蒂姆·爱德华兹却坚决不肯让他们把这些东西放在头顶上。约翰逊只好另外买了一个乘客的座位，把部分箱子放在车子里。幸运的是，除了他以外唯一的乘客就是埃米莉小姐了。

然后他们就等着怀亚特·厄普，但是怀亚特却不见踪影。约翰逊和埃米莉小姐站在雪地里望着死木镇寂静的街道。

“也许他不来了。”约翰逊说。

“他会来的。”埃米莉说。

就在他们等待的时候，一个红头发的小男孩跑过来说：“约翰逊先生？”

“是我。”

那孩子递给约翰逊一张字条，然后跑开了。约翰逊打开字条看了一眼，把它揉成一团。

“怎么了？”埃米莉问。

“哈伦法官的告别。”

九点左右，他们看见厄普兄弟沿着街道走过来。他们似乎都带着很重的行李。约翰逊在日记中写道：“他们走近了之后，我才看到厄普兄弟带了一大堆武器。我之前从没见过怀亚特·厄普带枪——他从来不在公开场合带枪——现在他却搬了个军火库过来。”

厄普之所以迟到，是因为他要等萨特的干货店开门，这样才能拿到枪。他带了两把锯短了枪管的霰弹枪、三把皮尔斯连发步枪、四把柯尔特左轮手枪，还有十几盒子弹。

约翰逊说：“你们似乎是打算大战一场。”

厄普让埃米莉先上车，然后说：“我不希望吓到她。”然后又对约翰逊说，他认为他们将“遇到很多麻烦，不可能假装一切顺利”。

约翰逊给厄普看了那张字条，上面写的是：

我保证，你今天必须死。不然我就不叫迪克·柯里。

“没关系，”厄普说，“我们准备好了。”

怀亚特的兄弟摩根在做利润可观的木柴生意，因此这个冬天他会一直留在死木镇，但是他会和怀亚特一起乘驿站马车前往死木镇以南五十英里的卡斯特镇。

小蒂姆靠在箱子上：“你们打算一整天都在这儿闲扯吗？可以走了不？”

“这就走。”厄普回答。

“赶紧上车。站在街上可去不了任何地方，对不对？”

约翰逊上车和埃米莉小姐坐在一起，然后又检查了一次箱子，这个早上他已经检查过十次了，之后他紧紧扶着箱子。摩根·厄普坐在马车顶上，怀亚特带着霰弹枪骑马。

一个穿着牛仔靴的中国男孩朝马车方向跑来。是康，他看起来十分焦急。

约翰逊从兜里找出一枚五美元金币，从开着的车门探身出去，喊道：“康！”硬币被抛向半空。康一边跑一边非常灵巧地接住了硬币。约翰逊朝他点点头，他知道自己再也不会见到这个男孩了。

蒂姆挥动鞭子，马打了个响鼻，冒着飞舞的大雪驶出死木镇。

到拉勒米堡需要三天的路程：第一天到达位于黑丘陵中心的卡斯特镇；第二天穿过危险的红峡谷到达红峡谷驿站，那里也是黑丘陵的南部边缘；第三天穿过怀俄明平原从新建成的铁桥越过普拉特河，就到拉勒米堡了。

厄普向约翰逊保证，有他们兄弟同行会安全得多，到了拉勒米堡就彻底安全了，之后从拉勒米堡到夏延的路就会有骑兵团巡视。

前提是他们到达拉勒米堡。

“在我们和我们的目的地之间，有着三重障碍，”约翰逊在日记中这样写道：

第一是布莱克·迪克和他的强盗团伙，我们很可能第一天就会遇到他们。第二是柿子比尔和他那伙背叛部落的印第安人，可能第二天在红峡谷会和我们遇上。第三个障碍也是最危险的一个，而且是我完全没料到的情况。

约翰逊准备好了进行一趟危险的行程，但是他却没准备好面对身体方面的伤害。

黑丘陵的路很烂，马车走得很慢。下坡是很危险的事情，事实上由于车顶放了很多化石，马车基本上是在倾倒的边缘疯狂摇晃，大家的神经都紧绷着。由于下雪的缘故，熊溪、鹿溪、白蜡树河这几条路上的小河都变成了水流湍急的大河，而马车负载太重，以致过河变得相当危险。

蒂姆解释说：“要是马车陷进河中的流沙里，我们就动不了了，必须骑马回驿站，通知他们派一队人马把这车子拉出来才行。只能这样。”

除了这些艰难险阻以外，他们每天随时都可能受到袭击。哪怕最微不足道的阻碍都可能造成危险，这种紧张感令人心烦意乱。

中午时分，马车停下来。约翰逊探出头问：“为什么停下来了？”

“头别伸出去！”厄普喝道，“不要小命了吗！前面有棵树倒了。”

“怎么回事？”

摩根·厄普从车顶上眺望四周，然后说：“埃米莉小姐？女士，如果你能趴下，躲在车里，直到我们重新上路，我会万分高兴。”

“只是一棵树倒了而已。”约翰逊说。黑丘陵很多地方土层很薄，经常有树倒在路上。

“也许没什么，”厄普说，“也许很危险。”他指指环绕着这条路的高山。树离公路很近，提供了很多藏身之处。“如果他们要伏击我们，这里是个好地方。”

小蒂姆下了车去检查倒在路上的树。约翰逊听见一声尖锐的咔嗒声，有人给霰弹枪上膛了。

埃米莉小姐似乎一点都不紧张，她问：“真的有危险吗？”

“可能有。”约翰逊拔出自己的手枪，检查枪管，转了转弹匣。

他身后的埃米莉小姐露出一丝激动的神情。

那棵树很小，是自然倒塌的。小蒂姆把树挪开后，他们继续赶路。一小时后，抵达银峰和帕克托拉湖附近时，他们遇到了岩石滑坡，大家又紧张起来，结果还是虚惊一场。

约翰逊在日记中写道：“等我们终于遭遇袭击的时候，我真是松了一口气。”

怀亚特大喊：“趴下！低头！”随后他的霰弹枪发出一阵轰鸣声。

对方也以枪声回应。这个时候他们正在沙溪谷的谷底。公路直通谷底，路两边十分开阔，枪手可以轻松追上来对着马车扫射。

他们听见摩根·厄普在车顶上爬动时发出的刮擦声，当他爬到马车后部的时候，大家明显感觉到马车晃了晃。交火声更激烈了。怀亚特冷静地喊道：“下来，摩根，我在开枪。”交火声又激烈了些。蒂姆骂骂咧咧地挥着鞭子赶马车。

子弹打在马车木头上，约翰逊和埃米莉立刻蹲下了，但是那些装着化石的箱子很危险，它们在座位上摇摇欲坠，随时可能砸到他们的头。约翰逊跪着直起身，想要把它们扶稳。一个骑手跑到马车旁边瞄准了约翰逊——随后突然传来爆炸声，那人从马上消失了。

约翰逊一脸惊讶地往外看。

“拍照仔！藏好了！我在开枪！”

约翰逊只好蹲回去。厄普的子弹穿过车窗。外面的骑手集中火力，马车门都被打掉了，有人在尖叫。

蒂姆大声咒骂，同时挥舞鞭子催马快跑。车子在坑坑洼洼的路上不停地颠簸。马车里，约翰逊和埃米莉小姐撞到了一起。“当时那种情况下也顾不上尴尬了，”约翰逊事后写道，“仿佛过了好几小时，实际上可能只过了一两分钟，其间子弹横飞，马匹飞奔，到处都是尖叫，车子颠簸不停，外加枪声不断。最终我们的马车拐了个弯，跑出了沙溪谷，枪声消失了，我们又能安全上路了。

“我们跟臭名昭著的柯里帮交火，而且活下来了！”

他们在老虎村的驿站停下来休息和换马。怀亚特说："只有疯子加傻子才以为自己安全了。"

"什么？不是柯里帮袭击我们的吗？我们这不是已经脱身了吗？"

怀亚特一边给霰弹枪填装子弹一边回答："小子，我知道你是从东部来的，但是东部人也不该这么傻。"

约翰逊不明白，于是摩根解释："布莱克·迪克很想杀死你，所以他不会随随便便袭击一次就收手。"

已经见识过了枪战之恐怖的约翰逊说："那算是随随便便？"

"骑马袭击非常不保险，"摩根说，"骑着马很难打准，马车也在移动。除非他们打死了马，否则目标很容易逃脱，我们就逃脱了。骑马袭击的结果说不准的。"

"他们为什么还要这样做呢？"

"为了让我们放松警惕，"怀亚特说，"让你不再提防。你记着我的话，他们知道我们要在老虎村休息和换马。现在他们正拼了命地骑马赶往集结地点呢。"

"他们在哪里集结？"

"我要是知道就不会担心了，"怀亚特说，"你觉得呢，摩根？”

“我猜应该是在这里和谢里登之间的某处。”摩根·厄普回答。

“我也觉得，”怀亚特·厄普说着把弹匣装好，“下一次，他们就会下狠手了。”

第二次袭击

过了三小时，他们停在松树林的边缘，恰好在斯普林河的沙滩旁。河里的水流淌缓慢，很有欺骗性，这条河有一百码宽。接近傍晚的阳光照耀着河中平缓的涟漪。河对岸的松树林十分茂盛。

他们默默地看着河面，过了几分钟，约翰逊探头问他们为什么不走了。车顶上的摩根·厄普趴下来拍了拍他的头，竖起一根手指示意他不要出声。

约翰逊捂着头坐回到马车里，疑惑地看着埃米莉小姐。

埃米莉耸耸肩，拍死了一只蚊子。

又过了几分钟，怀亚特·厄普对蒂姆说："你觉得怎么样？"

"不知道。"蒂姆答。

厄普看着河岸沙滩上的车辙印："最近有很多马从这里跑过。"

“很正常，”蒂姆说，“谢里登就在河对岸往南几英里的地方。”

大家又沉默了，他们等着，听着安静的水流声和风吹过松树林的声音。

“你知道吗，一般来说斯普林河两岸总有很多鸟叫。”

“太安静了？”厄普说。

“确实太安静了。”

“河底呢？”厄普看了看河流。

“去了才知道。你想试试吗？”

“可以试试。”厄普说着从箱子上下来，往回走了几步，看着车厢内的约翰逊和埃米莉小姐。

“我们现在尝试过河，”他平静地说，“如果我们顺利过去了，很好。如果我们遇到麻烦了，你们趴下，不管看见什么听见什么都趴下。摩根知道该怎么办。他会处理的。好吗？”

他们点头。约翰逊的嗓子很干：“你认为这里有埋伏？”

厄普耸耸肩：“这地方很适合伏击。”

他爬上箱子举起枪。蒂姆举起鞭子赶车，他们以极快的速度开始过河。车轮轧上柔软的沙滩时，马车倾斜了，然后溅起一阵水花，在河床的石头上颠簸起来。

这时候突然响起了枪声。约翰逊听见马在嘶鸣，车身一晃，然后猛地停在了河中间，蒂姆喊道："马中弹了！"摩根·厄普迅速开火。"我掩护你，怀亚特。"

约翰逊和埃米莉小姐护住头，身子往下一闪。子弹从他们周围嗖嗖飞过，马车摇晃不已，因为有人从车上跳过。约翰逊透过窗户看到怀亚特·厄普在跑，他跑向河对面，身边水花四溅。

"他走了！怀亚特丢下我们走了！"约翰逊喊道，又一阵子弹袭来，他只好再次蹲下。

"他不会抛弃我们的。"埃米莉说。

"他已经跑了！"约翰逊喊道。他彻底慌了。马车门突然开了，约翰逊惊呼一声。蒂姆冲进来撞倒了他们两个。

蒂姆脸色苍白、气喘吁吁，他关上门。那门上差不多有六七颗子弹。

"怎么了？"约翰逊问。

"没法待在外面了。"蒂姆说。

"到底发生什么了？"

"发生什么？我们被困在河中间了，"蒂姆说，"他们杀死了一匹马，所以我们哪儿都去不了了，厄普兄弟正在玩命射击。怀亚特离开了。”

“他们有计划？”

“但愿如此，”蒂姆说，“因为我可没有计划。”枪战还在继续，他双手合十，闭上眼睛，嘴里念念有词。

“你在干什么？”

“祈祷，”蒂姆说，“你们最好也祈祷。因为一旦布莱克·迪克占领了这驾马车，他会毫不留情地杀死我们所有人。”

在暗红色的傍晚阳光中，驿站马车一动不动地停在斯普林河中央。摩根·厄普趴在马车顶上，朝着对岸的树林里射击。怀亚特安全地到达了河对岸，进入了松树林。

几乎就在这个时刻，树林那边的枪声消失了：柯里帮现在遇到了新的问题。

接着，对岸传来一声巨大的枪响和充满痛苦的尖叫。随后就是一片寂静。过了一会儿，又是一声枪响，接着是某人窒息时发出的叫喊声。

柯里帮没有再向马车开枪了。

一个声音喊道：“别开枪，怀亚特，别——”接着又是一声枪响。

突然，对岸六七个人互相大喊大叫起来，然后这些人骑马跑了。

随后一切都安静了。

摩根·厄普敲了敲车子顶篷。“结束了，”他说，“他们走了。你们可以喘口气了。”

车里的人站起来，拍拍身上的灰土。约翰逊探出头去，看见怀亚特·厄普站在河对岸笑着。那把锯短了的霰弹枪随意地挂在他手上。

厄普慢慢蹚过河，来到马车旁。“游击战第一条，”他说，“永远往开火的方向跑，而不是逃向相反方向。”

“你杀死了几个人？”约翰逊说，“全部？”

厄普又笑了：“一个都没死。”

“一个都没有？”

“树林太茂密了，连前面十英尺的地方都看不清，我根本找不到他们。不过我知道他们会分别埋伏在河岸上，而且很可能看不见彼此。所以我打了几枪，然后发出一阵阵吓人的尖叫。”

“怀亚特尖叫起来挺逼真的。”摩根说。

“没错，”怀亚特说，“柯里帮被吓坏了，就跑了。”

“所以你只是把他们给吓跑了？”约翰逊失望莫名。

“听着，”怀亚特·厄普说，“我之所以活到现在，是因为我从不自找麻烦。那些人不机灵，也没什么想象力。而且跟柯里帮相比，我们还有一个更大的麻烦。”

“还有？”

“是啊，我们得把这驾马车推上岸。”

“这为什么是大麻烦？”

怀亚特叹了口气：“小子，你有没有试过移动一匹死马？”

他们花了一小时把死去的马切成块，让水流冲走。约翰逊看着那些深色的肉块随着水流漂走。他们还剩五匹马，大家奋力把车子从沙子里拖出来，推到对岸。这时候天已经黑了，他们必须直奔谢里登，到那里换新的马匹。

谢里登是个小镇，只有五十几座木头屋。看起来像是镇上所有人都跑出来迎接他们了，约翰逊惊讶地发现那些人手里都拿着钱。

大部分的钱都给了厄普。

“怎么回事？”

“他们在打赌我们能不能到达谢里登，”厄普说，“我也下注了。”

“你赌的是哪边？”

厄普笑了，他朝酒馆点点头：“要是你跟我一起去那边坐坐，请人喝一轮威士忌，你便可以大出风头。”

“你觉得我们应该在这种时候喝酒？”

“到红峡谷之前，我们都安全了，”厄普说，“而且我口渴了。”

红峡谷

晚上十点，他们到了卡斯特镇。晚上天很黑，约翰逊十分失望，因为他看不到黑丘陵最著名的景点：弗伦奇溪旁边的戈登围栏。

就在一年前的1875年，戈登党的第一批矿工建造了几座木屋，并且用十英尺高的木头围栏围起来。他们不顾印第安条约进入黑丘陵，主要是为了淘金，因此打算用围栏抵御印第安人的袭击。结果拉勒米堡派出一支骑兵队把他们赶了出去，当时军队还在严格执行印第安条约，于是围栏就荒废了。

现在卡斯特镇的人都在谈论新的印第安条约。尽管政府还在和苏族作战，但是战争花销很高——已经超过了一千五百万美元，而且今年正值选举。战争的花销和政府部门的职位分配在华盛顿都是热门的竞选话题。因此伟大的总统希望通过跟印第安人缔结新条约的方式来和平地结束战争。为了达到这个目的，政府的谈判人员打算在谢里登和苏族酋长见面。

但即使是特意挑选出来谈判的酋长对新的条约也非常不满。大部分政府谈判人员与他们意见相同。其中一个谈判员——这个人现在返回华盛顿了——对约翰逊说："（那个条约是）我这辈子见过的最苛刻的烂玩意。我不管那个人头上戴了多少根羽毛，反正他依然是个人。其中有一个叫'红腿'的，他看着我说：'你觉得这公平吗？你会签这样的条约吗？'我不敢看他的眼睛。太糟糕了。"

"你知道托马斯·杰弗逊是怎么说的吗？"那个人继续说，"1803年，托马斯·杰弗逊曾说，想要平定西部需要花一千年。而现在却要在不到一百年的时间内平定。真是'进步'。"

约翰逊在日记中说："他似乎是个诚实的人，却被派来做不诚实的工作，他传达了政府的命令，却无法原谅自己。我们到达卡斯特的时候他喝得大醉，我们离开的时候他还在喝。"

摩根·厄普在卡斯特与他们告别，然后他们继续前进。午夜时分他们经过了四英里农场，然后前往普莱森特瓦利。之后又在黑夜中穿过了十二英里农场和十八英里农场。

黎明前，他们到了红峡谷的入口。

红峡谷驿站被烧毁了。马全部被偷了，苍蝇绕着六七具烧焦的尸体飞行。这显然是柿子比尔的行径。

“看来他们没听说新条约的事情，”厄普简单地说，“我们在这儿吃不上饭了。”

于是他们立刻穿越峡谷。旅程十分紧张且进展缓慢，因为他们没有新的马，不过最终还是平安穿过了红峡谷。在峡谷的另一端，他们顺着鹰河到了矿工营，那里是黑丘陵的南部入口。

晨曦中，他们休息了一小时，喂马吃草，大家松了一口气。厄普说：“就快到了，约翰逊先生。你欠我一半的骨头。”

约翰逊决定告诉他真相。“厄普先生。”他说。

“怎么了？”

“我感谢你所做的每一件事情，是你帮我逃出了死木镇。”

“当然是我。”

“但是有一件事情，我必须告诉你。”

厄普皱起眉头：“你要毁约？”

“不，不，”约翰逊摇头，“我必须告诉你，那些箱子里真的只是装了骨头化石。”

“嗯。”怀亚特·厄普应着。

“只是骨头而已。”

“你说过了。”

“只在科学研究方面有价值，只有古生物学家用得上。”

“我觉得没问题。”

约翰逊无力地笑了：“我希望你到时候不要太失望。”

“我不会的，”厄普眨眨眼睛，一拳敲在他肩膀上，“你只需要记住，分我一半的骨头。”

“他是个很强大的同伴，”约翰逊写道，“我担心他也会变成危险的敌人。因此在去往拉勒米堡的途中我一直感到不安。拉勒米堡是我好几个月来见到的第一个文明社会。”

拉勒米堡

拉勒米堡原本是个军事基地，后来发展成一座边境城市，但是它依然是座充满军事氛围的城市，最近城里氛围十分严肃。军队与印第安人交火超过八个月，蒙受了重大损失，其中卡斯特部队在小比格霍恩河遭遇的屠杀最为惨烈。此外还有其他流血事件，比如发生在保德里弗、小孤山的事件，就算在他们没有打仗的时候，整个战争形势也很严峻和艰难。然而东部传来的消息却说，华盛顿以及别的地区都不赞同他们的努力，大量文章批评他们的军事行动，说他们伤害“手无寸铁的高贵红种人”。很多年轻士兵亲眼看到战友死去，这些年轻人从战场上回来，埋葬被剥了头皮、砍掉肢体的战友，他们看到战友们的尸体被砍掉生殖器塞进嘴里——对这些士兵来说，东部的这些评论实在很难接受。

对军队来说，他们只是接受命令去打仗，却没有人询问他们对战争的意见，没人问他们此事是否可行，是否合乎道德。他们只是最大限度地服从命令，争取胜利。现在他们却得不到支持，打的仗不受己方欢迎，他们很愤怒。

华盛顿的政治家们确实低估了与“区区野蛮人”作战的难度，也低估了东部自由主义者们的愤怒情绪——那些什么都不懂的写手根本没见过真正的印第安人，只凭想象乱写一气——无怪军队方面会愤怒。

正如一位军官所写的那样：“他们希望印第安人消失，希望荒地都空出来给白人拓荒者，同时他们不希望任何人在此过程中受到伤害。这摆明了是不可能的。”

有个更加恶劣的事实是，战争现在进入了新的阶段。军队和印第安人之间开始了消耗战，他们计划杀掉所有的野牛，以饥饿逼迫印第安人投降。即使如此，军队依然希望战争再打三年，再花一千五百万美元——但是华盛顿的人没一个想听到这样的计划。

这个话题在镇子外围的驿站里被反复争论。约翰逊吃了些不怎么样的培根和饼干当午餐，然后坐在驿站外晒太阳。从他坐的地方可以看到横跨普拉特河的铁桥。

近十年来，太平洋联合铁路公司的宣传册上都把普拉特河谷描述成“鲜花盛开的肥沃土地，长满营养丰富的牧草，有丰富的水资源”。事实上，这里是穷乡僻壤，然而拓荒者依然络绎不绝。

从拓荒早期开始，普拉特河就被视为一条极其险恶且难以跨越的河流。而现在，这座新建的铁桥代表了一个小小的进步，由此带来的一系列改变让西部变得容易接近，更有利于拓荒者在此定居。

约翰逊正在太阳下打着瞌睡，却被一个声音吵醒了。“真是壮观，对吧？”

他睁开眼睛，看到一个高个子叼着雪茄注视着那座桥。

“是啊。”他说。

“我记得去年，建桥还只是传闻。”高个子转过身。他脸上有一道疤。这张脸很眼熟，但约翰逊反应了一会儿才认出来。

是水手乔·贝内迪克特。马什的得力助手。约翰逊迅速坐起来。他根本没时间问水手乔在这里干什么，因为一个体格健壮的熟悉身影从驿站走出来，来到贝内迪克特旁边。

马什教授瞄了约翰逊一眼，用他那副一本正经的口吻说：“早安啊，先生。”他似乎没认出约翰逊，马上又对贝内迪克特说：“磨蹭什么呢，乔？”

“要换一匹新的马，教授。我们再过十五或二十分钟就走。”

“尽量搞快点。”马什说。

水手乔走了，马什转向约翰逊。他似乎真的没认出约翰逊，因为约翰逊和他们上一次见面时已经大不相同了。他更瘦但肌肉更发达了，还长满了胡子，自三个月前离开费城之后，他根本没剪过头发。头发都垂到了肩膀上。他的衣服又破又脏，上面糊满了泥巴。

马什问："是路过这里吧？"

"对。"

"你要去哪儿？"

"夏延。"

"从黑丘陵来？"

"对。"

"黑丘陵的哪里呢？"

"死木镇。"

"挖金子？"

"对啊。"约翰逊说。

"挖到了吗？"

"也没有，"约翰逊回答，"你来做什么呢？"

"事实上，我正要北上去黑丘陵。"

"挖金子吗？"约翰逊问，暗自发笑。

"不。我是耶鲁大学的古生物学教授，我研究化石。"马什说。

"是吗？"约翰逊不相信马什真的没认出自己，可是他好像确实没认出来。

"是啊，"马什说，"我听说死木镇上存了一些化石。"

“在死木镇？真的？”

“我听说是这样的，”马什说，“那些化石似乎是归某个年轻人所有。我希望拿到那些化石。我会付很多钱买下来。”

“哦？”

“没错，”马什掏出一把钞票在阳光下看着，“我也会为相关的消息付钱，比如这个年轻人在哪里之类。”他凑近看了看约翰逊：“你明白我的意思吧？”

“好像不明白。”约翰逊说。

马什说：“你刚从死木镇来，也许你知道有关那个年轻人的消息。”

“那人叫什么名字？”约翰逊问。

“他叫约翰逊。他是个很不道德的年轻人，之前为我工作。”

“是吗？”

“是啊。但是他离开了我，跟一群小偷、强盗混在一起。他说不定正以谋杀罪在其他领地被通缉呢。”

“是这样吗？”

马什点头，问：“你知道他的事情吗？”

“没听说过这个人。你打算如何得到那些骨头？”

“必要的话就买下来，”马什说，“不过不管用什么手段，我都要得到它们。”

“也就是说你非常想要。”

“是的，没错，”马什说，“你看，”他颇有戏剧性地停了一下，“我所说的这些骨头，其实原本是属于我的。那个约翰逊从我这里偷走了。”

约翰逊感到一股愤怒席卷全身。他原本还挺享受这种伪装的，但现在他气得脸都红了。他努力克制自己，冷静下来之后，他只说了句：“原来如此。”

“他撒谎成性，真的。”马什说。

“听起来真够坏的。”约翰逊说。

就在这个时候，怀亚特·厄普突然出现，他说：“嘿，约翰逊！带上行李，准备走了！”

马什朝约翰逊笑了笑说：“你个小王八蛋。”

拉勒米堡的化石交易

约翰逊在日记中写道："好像有很多鸽子在拉勒米堡筑巢。"

镇上大部分人的注意力都被另一个同样来自死木镇的人吸引了——烂鼻子杰克·麦考尔。杰克从死木镇来到拉勒米堡，到处跟人吹嘘自己杀了疯子比尔·希科克。他之所以这么肆无忌惮地到处说，是因为死木镇的矿工法庭以谋杀希科克的罪名审判他，当他宣称他的弟弟在多年前被疯子比尔杀害，自己只是复仇时，法庭宣布他无罪。由于他拿准了同一罪名不会被审判两次，因此在拉勒米堡公开声称自己杀了希科克。

但是杰克没有意识到，死木镇的矿工法庭不是合法的法庭，所以他因谋杀希科克的罪名被关进拉勒米堡的大牢，以接受正式审判。由于杰克已经公开承认了谋杀罪，所以审判过程很简短：他认罪，被判绞刑。这一转折"让他苦恼万分"。

就在杰克接受审判时，马路那头的萨特酒馆正在发生一件对威廉·约翰逊来说更加重要的事情。怀亚特·厄普坐在桌边，一边喝着威士忌一边跟奥思尼尔·C. 马什讨论出售约翰逊名下一半骨头的事情。

他们都是还价高手，已经谈了将近一整天。厄普对于自己的那部分似乎挺满意的。

约翰逊和埃米莉小姐坐在角落里看他俩讨价还价。“我真是不敢相信还有这种事。”他说。

“这有什么奇怪的吗？”她问。

“我在这儿遇到那位教授的概率有多大？”他叹气说，“百万分之一吧？也许更低。”

“我可不这么认为，”她说，“怀亚特知道马什教授在这里。”

一种古怪的感觉爬上约翰逊后背。“他知道？”

“肯定知道。”

“他怎么会知道？”

“当时我跟他一起在酒店餐厅，”她说，“他听别人说有个大学老师在夏延收购各种各样的化石，还问死木镇有没有骨头。矿工们都拿这事当笑话，但是怀亚特听到之后眼睛都亮了。”

约翰逊皱起眉头：“所以他决定帮我把骨头运出死木镇到达夏延？”

“是的，”埃米莉说，“听到那个传闻之后的第二天，我们就走了。”

“你的意思是，怀亚特一直盘算着把我的骨头卖给马什？从一开始就这么想的？”

“我想应该是的。”她轻声说。

约翰逊盯着酒馆那边的厄普：“我以为他是我的朋友。”

“你以为他是傻子，”埃米莉说，“其实他是你的朋友。”

“这怎么说？看他讨价还价的样子，一美元都不肯放过。照这样他们得说一整天。”

“是啊，”埃米莉说，“不过我相信只要怀亚特愿意，他五分钟之内就能结束交易。”

约翰逊盯着她：“你是说……”

她点头：“我确信，他现在一定在奇怪，他跟马什说这些废话，为什么你却坐在这里不动。”

“啊，埃米莉，”约翰逊大声说，“我真想亲你一下！”

“希望如此。”她低声说。

“很多事情同时发生了。”约翰逊在日记中写道：

我飞速地转动脑筋以跟上目前事态的发展。我和埃米莉迅速跑到酒馆外面，亲她的事情推迟了，我让她去找一袋一百磅重的大米，一大卷防水布，以及一把长柄铁铲。与此同时我匆忙找到一些大石头，还好石头到处都有，是修普拉特大桥，爆破地基时留下的。

他又找到一家中国洗衣店，给了点钱，借到了火炉和烧水用的水壶。他花了三小时煮了一锅糨糊，确保这些糨糊足够黏稠，然后用竹夹子夹着石头整个都蘸满糨糊。等糨糊干了之后，他在石头上抹上灰，让它们看起来灰扑扑的。裹了糨糊的石头在火边还是干得很快的。最后他把十大箱化石全部取出来，换上自己做的新石头，再小心地把箱子盖好，免得让人看出箱子被打开过。

下午五点，他累坏了，不过总算是把化石都裹在防水布里，好好地藏在了马厩后面的新鲜堆肥里，铲子则藏在草堆里。假的化石也用防水布盖好，跟之前的真化石一样。厄普和马什很快就来了。马什朝约翰逊笑了笑："我希望这是我们最后一次见面了，约翰逊先生。"

"希望如此。"约翰逊无比真诚地回答。

他们开始分化石。马什想要打开所有的十个箱子，在分之前检查化石，但是约翰逊果断拒绝。他说分化石是他和厄普之间的事情，本来应该随机分才对。马什很不高兴地同意了。

分到一半时，马什说：“我认为至少应该打开箱子看一眼，我才能放心。”

“我不反对。”厄普说。他看了看约翰逊。

“我非常反对。”约翰逊说。

“嗯？反对什么？”马什问。

“我急着走，”约翰逊说，“再说……”

“再说？”

“你父亲的事。”埃米莉提醒他。

“对，我父亲。”约翰逊说，“怀亚特，马什教授出多少钱买你的骨头？”

“两百美元。”怀亚特说。

“两百美元？没天理。”

“你肯定拿不出两百美元。”马什说。

“这样吧，怀亚特，”约翰逊说，“拉勒米堡有电报局。我可以给我父亲发电报让他送钱来，明天这个时候，我出五百美元买你那份化石。”

马什的脸沉下来：“厄普先生，我们已经说好了。”

“的确，”厄普说，“但是我喜欢五百美元这个词。”

“我出六百，”马什说，“现在就付。”

“七百五十，明天。”约翰逊说。

马什说：“厄普先生，我们已经说定了的。”

“真有意思，”厄普说，“这年头事情变化真快啊。”

“但是你根本不知道这小子能不能弄到钱。”

“我觉得他能。”

“八百。”约翰逊说。

半小时后，马什宣布他很愿意现在就出一千美元现金买下厄普那份化石，而且不开箱检查。“但我一定要那一箱，”他看见了箱子一侧画的X标记，“那个肯定有别的意思。”

“不行！”约翰逊大声说。

马什拔出枪，说：“那个箱子里的东西显然特别有价值。如果你认为你的生命也有价值，那我建议你别再废话，让我拿走那一箱，因为我不觉得你的生命有价值。”

马什把那些箱子装上马车，跟水手乔·贝内迪克特北上去往死木镇了，他们打算去拿剩下的骨头。

约翰逊看着他们的马车消失在落日中，他问道：“怎么还有剩下的骨头？怎么回事？”

厄普说：“我跟他说我们还留了一千磅重的骨头在死木镇，就藏在华人区，只是你不想让他知道。”

“我们赶紧出发吧，”约翰逊说，“他过不了多久就会打开箱子检查，然后就会发现里面装的是没用的破石头。他会气急败坏地冲回来的。”

“我准备好出发了，”厄普指指那些钱，“这趟工作的收入我很满意。”

“但是有一个问题。”

“你需要新的箱子，”厄普说，“部队里肯定有箱子，他们需要运补给品。”

不到一小时，他们就找到了跟原先的箱子差不多大小的箱子。约翰逊把化石从堆肥里挖出来，小心而迅速地装好。装着恐龙牙齿的那个箱子依然被画了个X，约翰逊觉得无比满足，这种感觉简直无以言表。

几分钟后他们出发去了夏延。

厄普和蒂姆一起把箱子搬上车。约翰逊坐在车里，埃米莉小姐看着他问：“现在呢？”

“现在什么？”

“我已经很耐心了。”

“我以为你是怀亚特的女朋友。”他说。

“怀亚特的女朋友？为什么这么想？”

“我猜的。”

“怀亚特·厄普是个恶棍加流浪汉。这种人活着就是为了刺激、赌博、枪战之类的事情，别无他求。”

“我呢？”

“你不一样，”她说，“你很勇敢，同时也很优雅。我相信你的吻也一定很优雅。”

她在等着。

“我学到了最直接的一课，”约翰逊在日记中写道，“在即将出发的驿站马车里接吻是很不明智的。我的嘴唇被咬到了，流了很多血，虽然处理了但还是没止住。回头检查一下。”

他又补充道：“我希望她不知道我此前从没这样亲过任何女孩，除了吕西安娜那次，但也没有像这种热情的法式亲吻，她好像喜欢这种。不过我应该赞美埃米莉一下。就算她知道我没吻过女孩，她也没说什么，就为这一点（也为在夏延与她共同经历的其他所有事情），我都永远会对她心存感激。”

夏　延

在内海酒店一间豪华舒适的房间里（这地方之前在约翰逊看来就是个满地蟑螂的垃圾场），约翰逊休息了好几天，跟埃米莉一起。一开始，在入住酒店的时候，他向酒店方面确定过，这里有一间铜墙铁壁般的坚固房间，配有最新型的定时组合锁，这是专门给银行设计的防盗锁。箱子被服务员搬进这个房间。约翰逊慷慨地付了很多小费，这样他们就不会讨厌他，也不会跟那些不怎么友好的同事说箱子的事情了。

第一天，他一口气洗了四次澡，因为每次洗都觉得自己还没洗干净。荒野上的灰尘仿佛坚决不肯离开他的皮肤。

他还去了理发店，把头发和胡子修剪一番。坐在椅子上照镜子的时候他自己吓了一跳。他完全不习惯自己现在的脸，所有的特征都很陌生，看起来像另一个人——整个看起来更瘦，更加强硬和果断。还有他上唇的那道疤，他很喜欢，埃米莉也是。理发师一手拿着梳子，一手拿着剪子，后退一步问："先生，这样如何？"跟夏延的其他人一样，理发师对他也很恭敬。不是因为他富有——夏延的人都不知他有钱——是因为他的态度，他的气质。虽然他自己没这个意思，但是他看起来就像是会开枪打人的那种——因为他确实打死过人。

"先生，现在如何？"理发师又问。

约翰逊自己也拿不准。最后他说："这样就好。"

他带埃米莉去镇上最好的饭店吃饭。他们吃了加利福尼亚的牡蛎，尝了法国红酒和香草烹鸡腿。约翰逊注意到，埃米莉认识红酒的名字。晚餐后，他们手挽着手在镇上散步。他还记得第一次来的时候，他感觉夏延是一个多么危险的地方。现在它看起来就像一个平静的小火车站，只有几个爱吹牛、爱赌博的人摆架子而已。当他经过的时候，那些看起来最凶恶的人都会给他让路。

"他们看到你带着枪，"埃米莉说，"而且你知道怎么用枪。"

约翰逊十分满足地带着埃米莉早早回到酒店，上床。他们第二天大部分时间都待在床上。约翰逊过得很开心，埃米莉也是。

第三天，埃米莉问："接下来你要去哪里？"

"回费城。"约翰逊回答。

"我从没去过费城。"她说。

"你会喜欢那里。"他笑着说。

埃米莉也开心地微笑："你真的希望我去吗？"

"当然。"

"真的？"

"真的。"他说。

但是他渐渐觉得埃米莉总是比自己快一步。她似乎比约翰逊想象的更了解这家酒店，而且她跟前台的人和餐厅侍者都非常熟悉。甚至有些人似乎是认识她的。当他和埃米莉在街上散步、逛商店的时候，他发现埃米莉对东部的流行趋势了如指掌。

"我觉得这个很漂亮。"

"在这里有些太突兀了吧，不过我也不懂。"

"嗯，我们西部女孩子喜欢了解流行趋势。"

稍后约翰逊就会明白个中原因了。他们在木制走廊上走了几步，她说："你妈妈是个什么样的人？"

约翰逊已经很久没想起自己的妈妈了。想到这一点他不禁吓了一跳。"为什么这么问？"

"我在想该怎么见她。"

"为什么这么说？"

"不知道她会不会喜欢我。"

"肯定会的。"

“你认为她会喜欢我吗，比尔？”

“哦，她肯定会很喜欢你的。”约翰逊回答。

“这话听起来不太可信。”她可爱地撇撇嘴。

“别傻了。”他说着，拉住她的胳膊。

“我们回酒店吧。”她飞快地舔了一下他的耳朵。

“别这样，埃米莉。”

“怎么了？你不是很喜欢这样吗？”

“确实喜欢，但是不要在这里。公开场合不行。”

“为什么？没人看见。”

“我知道，但这样不合适。”

“有什么不一样？”她皱起眉头，“反正没人看见，有什么不一样呢？”

“我不知道，总之不合适。”

“你已经是费城派头了。”她走开几步，瞪着他。

“好了，埃米莉……”

“果然就是。”

约翰逊只能说：“别傻了。”

“我不傻，”她说，“我不去费城了。”

他不知道说什么才好。

“我不可能适应。”她边说边擦掉脸上的眼泪。

“埃米莉……”

她大声哭起来：“我知道你在想什么，比尔。我早就知道了。”

“埃米莉，拜托……”他不知道她到底在说什么，这三天是他人生中最快乐的日子。

“这样不好——别碰我，拜托——这不好，仅此而已。”

他们一起回到酒店，一句话也没说。她昂着头，偶尔哼一声。约翰逊很不自在，整个人都呆了，不知道干什么才好。

过了一会儿，他看了看埃米莉，发现她已经不哭了。她很生气。“我为你做了那么多事，唉，”她说，“要不是我帮你，迪克早就把你杀了，要不是我说服怀亚特帮你，你根本走不出死木镇，要不是我帮你看清了整个计划，你的骨头在拉勒米堡就被人抢走了……”

“没错，埃米莉。”

“你就是这样感谢我的！你把我像个破布一样扔掉了！”

她真的很生气。但是不知怎么回事，约翰逊觉得自己才是被抛弃的那一个。“埃米莉……”

“我说了不要碰我！”

治安官进来的时候，他真是松了口气。治安官碰了碰帽檐，朝埃米莉致意，然后说：“你是费城来的威廉·约翰逊？”

“是的。”

“你住在内海酒店？”

“是的。”

“你有身份证明之类的东西吗？”

“当然有。”

“那就好，”治安官说着拿出枪，“你被捕了。罪名是谋杀威廉·约翰逊。”

“我就是威廉·约翰逊。”

“不可能。威廉·约翰逊已经死了。不管你是谁，你肯定不是他，不是吗？”

他被戴上手铐。约翰逊看着埃米莉。“埃米莉，告诉他。”

埃米莉转身踩着高跟鞋，一言不发地离开了。

“埃米莉！”

“走吧，先生。”治安官说着把约翰逊押进了监狱。

约翰逊花了些时间才知道细节。他到达夏延的第一天就发了电报到费城，问他父亲要五百美元。他父亲接到电报之后，立刻给本地治安官发电报说有人在夏延冒充他死去的儿子。

约翰逊能够出示的每一件物品——他在耶鲁大学的班级戒指、几封皱巴巴的往来信件、从死木镇的《黑丘陵先锋周报》上剪下来的文章——都成了证据，证明他抢劫了死者，而且很可能他就是杀人者。

“约翰逊这孩子是从东部大学来的，”治安官眯起眼睛打量着约翰逊，“不可能是你，不可能。”

“我就是啊。”约翰逊坚持道。

“他挺有钱的。”

“我也有。”

治安官笑起来：“说得好。如果你是东部来的有钱大学生，那我就是圣诞老人。”

“问那个女孩，问埃米莉。”

“我问了，”治安官说，“她说她对你非常失望。你编了一大篇谎话，现在她总算看清了你是谁。她现在住在你的酒店房间里，准备把你带到镇上的那几大箱东西都卖掉。”

“什么？”

“她可不是你的朋友，先生。”治安官说。

“她不能卖那些箱子！”

“有什么不能。她说那些箱子是她的。”

“那些是我的！”

“别这么生气，”治安官说，“我问过从死木镇来的人了，你到那里的时候，好像是带了一具印第安人的尸体和一具白人的尸体。我敢保证那个尸体就是威廉·约翰逊。”

约翰逊准备仔细解释一番，但是治安官抬手制止了他。“我知道你肯定能够自圆其说，”他说，“你们这些人都这样。”

治安官离开牢房。约翰逊听见副警长问：“这家伙是谁？”

“某个装腔作势的坏蛋。”治安官说完出去喝酒了。

副警长是个十六岁的少年。约翰逊拿一双靴子跟他交换，请他往费城发第二封电报。

“治安官发现了会生气的，”副警长说，“他希望把你送去扬克顿，以谋杀罪审判你。”

“你只管发电报就行。”约翰逊飞快地写好了电报。

亲爱的父亲：

很抱歉弄坏了游艇。记得宠物松鼠“夏天71”。妈妈在生下爱德华之后发烧了。埃利斯校长在埃克塞特对我发出的警示。我真的活着，你这么做可害死我了。快寄钱来吧，同时跟治安官说清楚。

爱你的儿子，小粉

副警长慢慢读完电报内容，默念出了每一个字。他抬起头：“小粉？”

“快去发电报。”约翰逊说。

“小粉？”

“我小时候的外号。”

副警长摇了摇头，但总算是发了。

几小时后，治安官打开牢房的锁：“请听我解释，约翰逊先生。这真是个大误会。我只是履行我的职责。”

“你收到电报了？”约翰逊问。

“收到了三封，”治安官说，“一封是你父亲发的，一封是宾夕法尼亚的卡梅伦议员发的，还有一封是华盛顿地质调查局的海登先生发的。据我所知还有更多电报发来。我保证这真的是误会。”

“没关系。”约翰逊说。

“您不生气？”

约翰逊忽然想起一件事：“我的枪呢？”

他在内海酒店的大堂找到了埃米莉。她正在喝酒。

“我的箱子呢？”

“我跟你没话可说。”

“你把我的箱子怎么样了，埃米莉？”

“没怎么样，”她摇头，“箱子里只有破骨头，谁都不想要。”

约翰逊松了口气坐在她旁边的椅子上。

“我不懂那些骨头为什么对你那么重要。”她说。

“确实重要，仅此而已。”

“嗯，我希望你身上有钱，因为酒店要求付房费，我的笑脸在前台那里行不通了。”

“我有。我父亲送——”

但是埃米莉根本没听，她盯着房间另一端。眼睛忽然一亮：“科利斯！”

约翰逊一转身，看到身后站着一个体态肥胖、一脸严肃的人。他穿着深色西装，正站在前台位置打量整个酒店。那人看过来，露出一副短腿猎犬般的神情。“米兰达？米兰达·拉帕姆？”

约翰逊皱起眉头：“米兰达？”

埃米莉十分开心地站起来：“科利斯·亨廷顿，你在夏延做什么？”

“我的天哪，真的是米兰达·拉帕姆！”

“米兰达？拉帕姆？”约翰逊不光是被埃米莉的新名字搞迷糊

了，他还想到一个问题——自己可能根本不知道埃米莉的真实身份。可她为什么要骗他呢?

那个大胖子十分热情且亲密地拥抱了埃米莉：“米兰达，你看起来棒极了，简直棒极了。”

“见到你真好，科利斯。”

“让我看看你，”他说着后退几步，兴高采烈地说，“你一点也没变，米兰达。我必须说，我很想你，米兰达。”

“我也一样，科利斯。”

那个胖子转向约翰逊：“这位美丽的女士是华盛顿的铁路公司中最厉害的说客。”

约翰逊没说话。他还在思考。科利斯·亨廷顿，华盛顿，铁路公司……我的天哪——科利斯·亨廷顿！加利福尼亚州中央太平洋公司的四巨头之一。科利斯·亨廷顿，那个众所周知的腐败分子，每年拎着装满了钱的箱子跑到华盛顿去贿赂议员，这人被形容为“谨慎又虚伪”。

“大家都很想你，米兰达，”亨廷顿说，“他们都在打听你的消息。鲍勃·阿瑟——”

“亲爱的阿瑟参议员——”

“杰克·卡恩斯——”

“卡恩斯长官，多好的人哪——”

“还有将军——”

“将军？他也在问我的事吗？”

“对啊，”亨廷顿难过地摇头，“你为什么不回来呢，米兰达？华盛顿可永远是你的最爱。”

“好吧，”她突然说，“你说服我了。”

亨廷顿看向约翰逊：“你不介绍一下你的这位同伴？”

“他不是什么大人物。”米兰达·拉帕姆说着摇摇头，鬈发轻快地晃动起来。她挽起亨廷顿的手臂：“走吧，科利斯，我们去吃一顿美味的午餐，你给我讲讲华盛顿的新闻。还有很多事情要做，你得给我找一间房子，当然，需要家具……”

他们手挽手离开大堂，去了餐厅。约翰逊呆呆地坐在原地。

次日早上八点，他乘坐太平洋联合铁路公司的火车朝东部出发，十个箱子都放到了行李车厢里。这几个月仿佛十几年那么长。旅途中的单调乏味简直令人享受，他看到了绿色的草地。橡树、枫树、苹果树顶上的叶子预示着秋天的到来。火车每次停靠车站，约翰逊都下车买了当地报纸。他注意到，关于印第安战争的社论中逐渐多起了东部的观点，包括其他很多话题。

第四天早上，他到达匹兹堡，给科普发了电报，说自己还活着，希望能和他面谈。他没提化石的事情。然后他给父母发电报，问晚餐能不能加一个人。

10月8日，他抵达费城。

四场会面

到了火车站，约翰逊雇了一辆蔬菜店的空马车，车夫带他来到费城松树街的科普家。这段路很长，他到了之后发现科普有两座三层楼的联排石头大宅，一座住人，一座作为他的私人博物馆兼办公室。最令人意外的是，科普的宅子距离里滕豪斯广场只有七八个街区，而约翰逊的妈妈正在他们位于里滕豪斯广场的家准备晚餐。

“哪一座房子是住宅？”他问车夫。

“我不知道，也许那个人会告诉你。”那人指了指。

那正是科普，他从台阶上跑下来：“约翰逊！”

“教授！”科普热情地和约翰逊握手，然后用力地拥抱了他。

“你还活着——”他瞥见了马车后面的防水布，“真有这种事？”

约翰逊点头：“天不亡我，这是我最好的回答了。”

箱子被直接搬进科普的私人博物馆。科普夫人给他端上了柠檬水和华夫饼，他们坐下来听他讲了自己的经历，关心他脸上的伤，然后又检查了那几箱骨头。

“我会把你的冒险全部都记录下来，”科普说，“我们得证明，从蒙大拿领地挖出来的那些骨头现在已经在费城了。”

“有一些可能因为马车颠簸或者反复搬运震碎了，”约翰逊说，“有些可能有弹孔，还可能被子弹打碎了，不过基本上都在这儿了。”

“雷龙的牙齿呢？”科普问，他双手激动地握在一起，“牙齿还在你那里吗？这么说可能不太好，不过从以为你死了那天开始，我就在担心那些牙齿。”

“在这个箱子里，教授。”约翰逊找到了那个画着X的箱子。

约翰逊当场打开箱子，把牙齿一个一个拿出来，一动不动地看了很久。然后像很多周以前在页岩悬崖上那样，把牙齿排成一排，那已经是两千多英里以西的事情了。“太不同寻常了，”他说，“非常不同寻常。马什肯定会懊恼很多年。”

“爱德华，”科普夫人说，“我们是不是赶快让约翰逊先生和家人团聚比较好？”

“对啊，当然，”科普说，“他们肯定很想见到你。”

他父亲热情地拥抱了他：“感谢上帝，你回来了，儿子。”

他母亲站在楼梯上哭着说："那胡子看起来怪吓人的，威廉。赶紧剃了。"

"你嘴唇上怎么了？"他父亲说，"你受伤了？"

"是印第安人。"约翰逊说。

"看起来像咬的。"他弟弟爱德华说。

"对啊，"约翰逊说，"有个印第安人爬上车来咬我。想看我好不好吃。"

"咬到嘴？难道他是要亲你？"

"他们是野蛮人，"约翰逊说，"行动很难预料。"

"被印第安人亲了，被印第安人亲了。"爱德华拍着手说。

约翰逊卷起裤腿给大家看另一条疤痕，是他腿上那个箭伤。他还拿出那个箭头。他说了很多细节，但是没提埃米莉·威廉斯，又名米兰达·拉帕姆，或者随便她叫什么名字。不过他特别说了埋葬托德和小风的事情。

爱德华哭着冲上楼，回房间去了。

"我们真的很高兴你回来了，儿子。"他父亲看起来突然老了很多。

秋季的入学时间虽然已经过了，但是耶鲁大学的教务主任还是允许约翰逊注册入学。约翰逊穿上他的西部衣服，带上枪戏剧性地走进学校食堂。

整个食堂安静下来。有人说：“是约翰逊！威廉·约翰逊！”

约翰逊来到马林那桌。马林正跟朋友一起吃饭。

约翰逊用最严肃的语气说：“我记得你欠我钱。”

“你看起来真神气，”马林笑着说，“你一定要把你的裁缝介绍给我，威廉。”

约翰逊什么都没说。

“你是不是经历了些小冒险，还在枪战中杀了人？”马林在众人面前问得有些过分了。

“对，”约翰逊说，“的确如此。”

马林那滑稽的笑容消失了，他不确定约翰逊到底是什么意思。

“我记得你欠我钱。”约翰逊又说。

“亲爱的朋友，我不欠你任何东西！你别忘了，我们打赌的内容是，你得跟着马什教授去，整个学校都知道你跟着他没过多久，后来他就说你是坏蛋、小混混，把你开除了。”

约翰逊敏捷地一把揪住马林的领子，毫不费力地把他揪了起来，狠狠推到墙上：“你这个不要脸的浑蛋，要么你给我一千美元，要么我把你脑袋打开花。”

马林吸了口气，他注意到约翰逊脸上的疤。“我不认识你。”

“对，不过你欠我钱。现在告诉所有人你要做什么。”

“给你一千美元。”

“大声点。”

马林大声重复了一遍。食堂里所有人都笑了。约翰逊松开手，离开了食堂，马林一屁股坐到了地上。

奥思尼尔·马什独自住在自己建于纽黑文郊外一座小山上的别墅里。上山的时候，约翰逊觉得马什一定过着孤独且与世隔绝的生活，他需要支持，需要地位，需要被人接受。他被带到画室，马什正独自工作，检查自己准备的手稿。

“你找我吗，马什教授？”

马什看着他：“它们在哪儿？”

“你是指化石？”

“当然是指化石！在哪儿？”

约翰逊直视马什的眼睛。他知道自己无论如何也不会再怕这个人了。“就在费城，交给科普教授了。全部给他了。”

“你们找到了一种全新的巨型恐龙，是真的吗？”

“我不能说，教授。”

“你这个不可救药的傻子，”马什说，“你错失了成就伟业的机会。科普绝不会发表这个结果，就算他发表了，他的报告也肯定含混不清，充满各种不准确的描述，绝不会引起科学界的重视。你该把它们带回耶鲁，进行合理的研究。你这个傻子，你背叛了你的母校，约翰逊。”

“说完了吗，教授？”

“说完了。”

约翰逊转身离开。

马什说：“还有一件事。”

“什么事，教授？”

“你不会把那些化石再要回来了吧？”

“不会了，教授。”

“那就走吧，”马什极其不满地说，“走吧。”他继续检查手稿去了。钢笔在纸上画个不停。

约翰逊离开房间。出来的时候，他经过了一具微型骨架，是白垩纪时期的马——始祖马。骨架很漂亮，组装得很精美，这具苍白的骨架来自遥远的过去。不知为何，约翰逊觉得很难过。他转身快步下山，朝学校走去。

POSTSCRIPT

附录

科普：

爱德华·德林克·科普于1897年在费城去世，他死时一文不名，因为他将全部家产和精力都用在了与马什的竞争上。他死时还很年轻，才五十六岁。但是他见证了第一具雷龙的骨架在耶鲁皮博迪博物馆组装起来，他还发表了超过一千四百篇论文。他的成就在于发现并命名了一千多种脊椎动物，以及超过五十种恐龙。其中一种叫作“异向科普黑龙”。他说这个名字是为了“纪念我周围那些讨厌科普的人”。他将自己的遗体捐出用作科学研究，还特别指出要将自己的大脑尺寸和马什的大脑尺寸做比较。因为当时普遍认为脑尺寸大的人智商高，马什只能同意接受这个挑战。

马什：

奥思尼尔·查尔斯·马什在科普去世之后两年去世，死前他一直孤独且痛苦地住在那座他为自己建的房子里。他被埋在康涅狄格州纽黑文市的格罗夫街公墓。他和他的化石猎人们发现了大约五百种不同种类的动物化石，包括八十种恐龙，他独自给所有这些恐龙命了名。

厄普：

怀亚特·厄普死于1929年1月13日，他死在位于洛杉矶市威尼斯街和克伦肖大道交叉路口的一座租来的平房里。他演过默片，然后又把自己生平故事的版权卖给了哥伦比亚影业公司。他的晚年被妻子乔西的意愿左右。临死前两年，他把自己记得的——或者说是那些他选择记住的——生平故事讲给斯图尔特·N. 莱克。莱克是帕萨迪纳市的一位作家，他将这些故事以《边境治安官怀亚特·厄普》为名结集出版，一时之间广受欢迎，怀亚特也被人们铭记。

斯滕伯格：

查尔斯·哈塞柳斯·斯滕伯格成了美国有名的化石收藏家之一，同时也成了业余古生物学者，他写了自己和科普一起工作时的事情。科普去世时，他依然在为科普工作，三年后才从科普夫人的电报中得知科普的死讯。斯滕伯格写了两本书：《化石猎人生涯》（1909），《在加拿大艾伯塔省红鹿河的劣地上追寻恐龙》（1917）。他是发现独角龙的主要人物。他引用科普的话："当有人随意毁掉我们的成果时，没人会说他是因为爱我们。没有人热爱一个随意毁灭自己造物的上帝。"斯滕伯格发现的化石如今在全世界各地展出。

AUTHOR'S NOTE

作者的话

奥斯卡·王尔德曾说："传记将死亡引入了一个新境界。"即使是创作一部有关作古已久之人的虚构作品，也必须考虑他的情绪。

不熟悉那段历史的美国读者可能不知道，马什教授和科普教授都是真实存在的历史人物，书中对他们之间竞争的描写没有任何夸张——事实上小说甚至把那种对立弱化了，因为19世纪的描述充满了主观夸张，在现在来看很难取信。

科普确实在1876年去了蒙大拿的劣地，并且在那里发现了雷龙牙齿，和本书中所写的一样。[1]

科普和马什之间长达十年的竞争被压缩进本书描绘的一个暑假中，其中有很多改写。比如实际上是马什造了假的头骨骗科普去搜寻，等等。不过有一点是事实——他们两位手下的人经常是一会儿为科普工作，一会儿为马什工作，当然其中的原因要严肃得多。

1　原书编者注：这段经历被记录在查尔斯·H. 斯滕伯格1909年出版的回忆录《化石猎人生涯》一书中。曾经很多人都认为雷龙是马什发现的。

威廉·约翰逊这个角色是完全虚构的。这部小说也绝对不是史实。想要了解真实历史，可以去看查尔斯·斯滕伯格所写的《化石猎人生涯》一书，书中记载了科普前往蒙大拿劣地考察的细节。

科普和马什之间的故事最初是由E. H. 科尔伯特告诉我的。他是一位杰出的古生物学家，也是美国自然历史博物馆的馆长。他和我进行了友好的通信，建议我写写关于他们两位的小说，我从他的书中获得了大量资料。

最后，像我一样经常阅读图册的各位读者需要特别注意图片的标题。曾出现过一种图册，上面有真正的西部图片，却配上了语气悲凉、充满哀叹的说明文字。这样的标题看起来也许和图片相称，但这不是事实——那种悲凉、荒芜的氛围完全是误解。像死木镇这样的地方在今天看来或许很令人绝望，但是在那个年代却是令人振奋的新兴城市。为图片配文字的人往往根据自己的固有思维去描述它们。

1876年发生的事情基本都记录在本书中，只不过那一年马什并没有带领学生去往西部（他在此前的六年中每年都去，但是在1876年，他留在纽黑文与英国生物学家T. H. 赫胥黎见面）。科普挖到的骨头都通过密苏里河的蒸汽船安全运走，没有人去死木镇，罗伯特·路易斯·史蒂文森在1879年才到达那里。书中对印第安战争的描述基本属实，然而一百多年后的我们却要说，很遗憾，书中描写的美国西部的景象很快就会永远消失了，就如同远古的恐龙世界一样。

A F T E R W O R D

后记

迈克尔的贡献数不胜数：在他四十多年的创作生涯中，写了三十二本书，并且作为导演、编剧、制片人，参与制作了多部电影。他还创作了很有代表性的电影和电视剧。他不是永远在计划下一个项目，而是计划着接下来的许多个项目。迈克尔经常阅读、摘录有趣的文本，他研究过去、观察现在、展望未来，从而积累下一部作品的素材。他讲述的故事往往模糊了幻想和现实的界线。当你看完克莱顿的小说、电影或电视剧后，往往会变得更聪明、更有求知欲。因为他的作品都是基于可靠的研究，你会忍不住相信保存在蚊子体内的恐龙DNA可以让恐龙重生，独立活动的纳米智能机器人会毁掉创造它们的人类和地球环境。

他的作品向来切题，且十分迷人。《侏罗纪公园》系列取得了巨大成功，以及他自己的经典电影《西部世界》现在被家庭影院频道（HBO）改编成了电视剧，皆是证明。

迈克尔去世后，将他的遗产发扬光大就成了我的任务。在创建他的档案馆的过程中，我发现《龙牙》一书的起源可以追溯到1974年，即他和美国自然历史博物馆馆长、古代脊椎动物学家科尔伯特先生的通信。在读完完手稿之后，我觉得《龙牙》只能被形容为“典型的克莱顿作品”。在这个故事中，迈克尔的语言、他对历史的热爱、所有的科学和调研都被有机地组合在一起。迈克尔是四十多年前获得这个故事的灵感的，时至今日，这个惊险刺激的古生物学故事读起来依然鲜活有趣。《龙牙》是迈克尔至关重要的一本书，启发了《侏罗纪公园》等其他恐龙小说，是他创作恐龙小说的起点。出版这本书是向世界各地的新一代读者介绍迈克尔的绝佳途径，同时也是向所有老读者致意。

出版《龙牙》是一项充满爱的工作，我想要感谢以下所有人的帮助：富有创造力的助手洛朗·布泽罗、乔纳森·伯纳姆、珍妮弗·巴思，还有哈珀的团队，国际创造管理公司（ICM Partners）的珍妮弗·乔尔和斯隆·哈里斯，迈克尔·克莱顿档案馆的全体人员，迈克尔·S. 谢尔曼，佩奇·詹金斯，当然还有我们心爱的儿子小约翰·迈克尔·克莱顿。

——雪莉·克莱顿